詩集

夢遍路

中川邦男

はじめに

林住期の徒然に、身の回りの片付けをと書類の整理を始めたところ、詩片のメモ書きが出てきました。稚拙なものですが、昭和、平成の折節を懐かしく思い出され、小作にまとめることを思い立ちました。

先に、親達の見送りの詩文集「晩鐘」を上梓しましたが、今回は、路傍の小石の代わりに小作を並べ、平成終焉エポック期の、私的な道標作りを志向しました。

この小品は、当初は、平成初期の童謡風なものと青春歌集的なものを、詩集「虹へんろ」とし、平成中期から後期の日々折々の感慨を詠んだ抒情歌または叙事詩を詩集「夢へんろ」と題して綴る積りでしたが　とり纏めている内に、二つの詩篇を更に集約、合本して詩集「夢遍路」と題して仕上げることに致しました。

小学生の頃、教科書の唱歌集の頁の端に、抒情を呼ぶ挿絵が添えてあり、それらに子供心を揺さぶられた、遠い、懐かしい思い出があります。

この詩集でもそれをなぞり、素人の無知な試みですが、童画試作と画集の整理も兼ねて、拙い絵を添えたものにしました。

この試みには、幸いにも、目次と各章の扉に、岡治氏の植物精密画を花飾りに添えさせて頂くご縁にも恵まれました。

独りよがりの風変わりな労作で恐縮ですが、ご笑覧頂ければ幸甚です。

目　次

目次

目　次

詩篇

虹へんろ

蛍草

想草

蛍草

詩篇　虹へんろ

蛍草

何の音

トントン　あれ何の音
風の音
トントン　あれ何の音
誰かが　砧を打っている
トントン　あれ何の音
八つ手に　雨が当たってる
トントン　あれ何の音
狐が　雨戸を叩いてる
トントン　あれ何の音
ドングリ　屋根に落ちている
トントン　あれ何の音
水車が　ゆっくり廻ってる

トントン　あれ何の音
キツツキ　お家を作ってる
トントン　あれ何の音
誰かが　背戸で呼んでいる
トントン　あれ何の音
松ぼっくりが　落ちる音
トントン　あれ何の音
昔に聞いた　雨の音
トントン　あれ何の音
風の音

冬の星

凍る坂道　帰って来たら
星が真近に　光って見えた
凍える夜空に　散りばめられて
みんな潤んで　震えて見えた

星のきらめき　眺めていたら
乙女の瞳の　瞬き見えた
さよなら言うのに　ただ俯いて
長い睫毛が　震えて見えた

遠い向こうの　人里見たら
街のともしび　潤んで見えた
何処か懐かし　声するような
だけどか細く　震えて見えた

雪虫

陽が照ってるのに　何処からか
雪の羽虫が　舞って来る
くるりくるくる　輪を描き
枯れ野を越えて　谷越えて
親無し子雀　ちゅちゅちゅん鳴いた

青いみ空の　隅からか
雪の蝶々が　舞って来る
ちらりちらちら　揺れながら
林を抜けて山越えて
呑気鳶が　ぴーひょろ鳴いた

想い出

風の提で　雪投げ合った
紅頬に　円らな瞳
鶫が集う　くるみの梢
青い空　白い峰　遠い遠い昔

霞む花影　微笑み合った
お下げ髪に　花の簪
鶯歌う　アンズの小枝
青い空　白い蝶　遠い遠い昔

林檎を拾い　戯れ合った
小さな肩　白いうなじ
トンボ群れ飛ぶ　段々畑
青い空　白い雲　遠い遠い昔

森のコートで　誓いを立てた
赤い唇　涙の滴
枯れ葉舞い来る　白樺林
青い空　白い花　遠い遠い昔

路

駆け抜けてった　土手の路
たんぽぽ摘んで　相撲取り
笹舟浮かべ　声あげて
草滑りした　土手の路

道草をした　草の路
れんげを摘んで　首飾り
甘茶を摘んで　汲み交わ
鬼ごっこした　草の路

喘ぎ登った　山の路
どんぐり拾い　独楽にして
松の実採って　口に噛み
狐を追った　山の路

トンボを捕った　畑の路
どんど焼して　凧を揚げ
菜の花畑　雀追い
かくれんぼした　畑の路

雪の下から　顔出して
精一杯に　待っている
元気元気の　緑色
青空見上げ　霞見て
遥か向こうの　県境
なお真っ白な　お山見て
春を呼びつつ　待っている

麦小僧

小川のせせらぎ　聴きながら
精一杯に　立っている
愉快愉快の　緑色
こちらも元気に　路の薹
白鷺が舞う　川べりで
溢れるばかりの　雪水に
春を語って　呼んでいる

やっと来た春

垣に黄色い花が咲き
庭の雪柳芽吹く時
お山に雲が　巻き登り
小川の水音　軽やかに
信濃路　春が　やって来た

沈丁花の花　香るとき
チチと鳴くのは　何の鳥
千曲の水面を　霧渡る
さざ波　朝日に　きらきらと
信濃路　春が　やって来た

サクランボ

青蛙　ピョンピョン
雨の丘道横切って
向こうの田んぼへ　急いでる
止まるな　いそげ　そらいそげ

溝に4つ5つ　サクランボ
赤いまあるい　実を浮かし
蛙の側を　流れゆく
追いかけっこして　流れゆく

田植えの終わった　畦路を
小犬小走り　濡れてゆく
ひとりぼっちが　寂しいか
くんくん泣きつつ　駆けてゆく

落ち葉　一面　さらさらと
白樺梢は　がらんどう
唐松林は　赤黄色
山鳩一羽　飛び立って
だあれも居ない　藁小屋に
あけび　干からび　絡んでる
夕日　向こうの　山の際
すすき野　一筋　径残し
すすき野　一筋　径残し

晩秋

刈り藁の群れ　何処までも
タンポポ　切り株　がらんどう
野焼きの煙　立ち込めて
案山子　煙たげ　ひとりぼち
だあれも居ない　畦径に
顔を顰めて　破れ蓑
里は夕焼け　赤とんぼ
稲田一枚　刈り残し
稲田一枚　刈り残し

明星

夕べ　あの子を想っていたら
西の山の端　三日月かかる
夢の船　金の船
ロマンの真珠　山と積み
幸運んで　来てくれるかな

宵の明星　赤々光り
幸の船　追っている
恋の星　想い星
ロマンの炎に　身を焦がし
幸求めて　走ってる

帰り道

西の山並み　夕日が落ちて
茜の空は　見る見る暮れて
遊びほうけて　とぼとぼ帰る
村の灯りが　ちらちら点り
藪蔭夜鷹が　鳴くような
森で狐が　鳴くような

朦月夜の　潤んだ空に
三番星が　キラキラ光る
石を蹴りけり　とぼとぼ帰る
小川の水車が　ゴトゴト回り
後から誰かが　呼ぶような
何処かで誰かが　呼ぶような

三輪車

カラカラ転がる　坂道を
くるくる回る　風車
ハンドル差して　三輪車
友と遊んだ　家の路地

カチカチ音する　村外れ
くるくる練った　麦焦がし
片手にぎった　三輪車
友と見とれた　紙芝居

パタパタ駆けてく　腕白坊主
くるくる紐掛け　電車ごこ
危ない危ない　三輪車
友と転んだ　草の道

雪小僧

北からやって来た　雪小僧
あられをつれて　雪小僧
見る見る積もる　山の峰
どんどん積もる　畑中を
兎驚き　冬篭もり
餌を集めて　冬篭もり
粗いかき氷　霙雪

山から駆けて来た　雪小僧
北風に乗って来た　雪小僧
見る見る積もる　藁屋根に
しんしん積もる　鎮守様
カラスが鳴いて　飛んで行く
子供を捜しに　飛んで行く
細かいお砂糖　細雪

空からふんわり　雪小僧
綿帽子被って　雪小僧
見る見る積もる　樫の木に
こんこん積もる　里の原
雀寒そに　雪遊び
子りす喜び　雪遊び
大きな綿菓子　牡丹雪

村の学校

桜吹雪の　赤屋根校舎
鬼ごっこ　縄飛び　かくれんぼ
砂場の鉄棒　相撲取り
遠足土手路　蓬摘み
蝶々追って　草滑り

緑緑の　林間学舎
飯盒水飯　柴狩り　水汲み
夜の山寺　肝だめし
木の橋の下　鰻取り
螢放った　蚊帳の中

青空澄んで　紅葉映え
トンボ取り　栗拾い　魚釣り
森のお社　ちゃんばらごっこ
杉枝アーチ　運動会
習字困った　展覧会

雪が積もった　裏山登り
雪合戦　雪だるま　そり滑り
野仏　日溜まり　雪囲い
茨の山路　兎追い
凧揚げ　羽つき　御年玉

川遊び

沢蟹逃げてく　石のかげ
どじょうも隠れた　岩のかげ
小鮒が光る　砂の底
そっと持たげた　石の下
どじょうびっくり　逃げ出した

へら鮒がのぼる　春の川
小海老が踊る　水草に
蟹の抜けがら　春の溝
竹ざる掬う　砂まじり
へら鮒びっくり　逃げ出した

たにし動いた　泥田んぼ
しじみわいてた　浅い川
子亀見つけた　田んぼ路
針を仕掛けた　橋の下
鯰びっくり　逃げ出した

九々をとちって　立たされた
悪戯をして　立たされた
女先生にらんで　叱る
みんなが笑う　べそかき　あかべ
くやしいくやしい　二年生
帽子放り放り
駆け駆け帰る
やんま捕り捕り　駆け駆け帰る

立ちん坊

九々をとちって　泣き出した
宿題忘れて　泣き出した
あの子のほっぺを　涙が伝う
壁に立たされ　泣き虫子虫
悲しい悲しい　二年生
肩を叩いて　並んで帰る
花を摘み摘み　並んで帰る

虹

自転車で　虹を追って行った　雨上がり
大きな　光のリング　空に映え
白い峠道　七色アーチ
それ行け　急げ　もうすぐだ
あんなに　綺麗な　橋だもの

青空に　一つ一つが　光ってた
小さな　水玉　ふうわり浮かぶ
キラキラ　ビー玉　ぐっしょり濡れた
露の小人が　踊ってる
露の仙人　踊ってる

とおせんぼう

またいたあの子　腕白小僧
両手広げて　とおせんぼう
恐い顔して　こちらをにらむ
困ったなあ　学校帰り
ぐるり遠回りして　帰ろかな

またいたあの子　腕白小僧
昨日のけんかで　顔すりむいて
竹ぼうき持って　仁王立ち
僕が来ないか　キョロキョロ見てる
めんこをやって　通ろかな

席替え

二つ並びの木の机
後ろ気になる　参観日
一年坊主　気もそぞろ
帽子に隠した　クレヨンの
箱をつついて　母さん笑う

二人並びの最後尾
隣は副級長　女の子
長い睫の　可愛い子
童話の本を　借りて読み
花のしおりを　見つけた日

田の字並びの　島並び
どう並んでも　男組
くわがた虫を　背に這わす
悪戯者を　目で脅し
ごんたの面倒　見る役目

一人並びの中学机
背丈の順番　窓際並び
わくわく戸惑い　席決めの
笑顔で振り向く　あの女の子
がたがた揺すった　木の机

悪がき仲間

宿題忘れて　叱られた
落書き見つかり　立たされた
級長癖にと　悪がきが
横目にらんで　笑ってる

しまった寝過ごし　遅刻した
掃除サボって　立たされた
窓からのぞく　悪がきが
あかんべえ送って　ふざけてる

いたずらしてて　見つかった
騒いでいたら　立たされた
あの子こっそり　振り返る
僕はべそかき　舌出した

お寺の庭に　銀杏散る
大きな銀杏が　鬼の場所
1、2、3、4　数えてる

僕ら隠れた　門の陰
椋の木百舌来て　キイと鳴く
榎に鳥が　カアと鳴く
小さい和ちゃん　クスッと笑った

かくれんぼ

鬼の勉が　キョロキョロ捜す
独り言いい　後向きそろり
見つけた見つけた　赤い鼻緒
見つけた見つけた　野球帽

チャボが卵産み　コケコと鳴いた
お寺の小僧さんも　木魚叩き笑った

公園

枯れ葉落ち敷く公園に
ブランコ雨に濡れていた
滑り台雨で光ってた
枯れ葉一面公園に
赤いボールが落ちていた
黄色い菊が咲いていた

枯れ葉落ち敷く公園に
百舌が濡れ来てキイと鳴いた
さざんか赤く咲いていた
銀杏が黄色く立っていた
白い銀杏落ちていた
自転車雨に濡れていた

松葉

小春日　森で松葉を集め
熊手篭負い　帰ったあの日
峠の地蔵に　冬の陽当り
高い薄が　揺れていた

秘密の遊び場　林の広場
松葉の山敷き　取っ組合った
枯葉かさこそ　夕月上り
何処かで梟　鳴いていた

松葉で作った　旗かざし
松ぼっくりを　蹴ってたあの日
谷の水車が　ごとごと回り
長いつららが　光ってた

ままごと

前栽　板塀　路地の道
日溜まり　筵　小屋の陰
僕は父さん　おままごと
きみちゃん　優しいお母さん
いけずのかずえは　お客さん

お料理沢山　草野菜
御飯は砂の山盛りだ
ままごと母さん気取ってる
お客のかずえも清まし顔

本当の母さん訝り聞いた
何故あんな素直に謝るの
だって僕いつもの父さんやったもの

村乙女

ものに憑かれたように
あの娘はひたひた追ってきた
学校帰りの坂の上
長い髪をなびかせて
セーラーのスカートひるがえし
懸命に逃げた白い道
慌て落とした水彩画

椿の花の紅は濃く
君の想いの紅は燃え
追われ戸惑い意気地無く
とうとう家まで逃げ帰る

君は小悪魔小妖精
家確かめてうらめしげ
行きつ戻りつ帰り行く
戸口に丸めた画用紙に
赤いリボンの蝶結び
四つ葉のクローバ添えてあり

公園に行きたくって
改札を潜った
お猿に会いたくって
電車に乗った
やったやったやったやった
一年坊主の大冒険

無賃電車

思いっ切り滑った滑り台
夢中で乗った回転木馬
だけど詰まらなくなって帰ろと思った
何となく物足らなくってブランコ降りた

どうしょどうしょ駅長さんにらんでる
今頃母さん探してるだろ
夢中で駆け抜けた改札口
夕焼け空が赤かった

弱気虫

弱気の虫が　またわいた
挨拶出来ずに　遠巻きに
ちらちら見つつ　近付けず
弱虫小虫　はにかみ虫

弱気の虫が　またわいた
言葉が出て来ず　おろおろと
下を向きつつ　口篭もる
弱虫小虫　貧乏虫

弱気の虫が　湧いてきた
ちょくちょく湧いて　困りもの
大事な時ほど　顔を出す
弱虫小虫　意気地無し虫

日の出

霜柱踏み　駆けて行った
峠の坂道　駆け上る
東の空は　朝焼け小焼け
早く行かねば　日が昇る

真っ赤な朝日が　頭を出した
東の森を　明るく照らす
大きな太陽　鏡のようだ
ギラギラ光り　ゆっくり上る

西の半月　さよならしてる
明るい光　あたりに満ちて
小鳥の囀り　林に聞こえ
あれあれ太陽　小さくなった

夢

夕べ見た夢　冬景色
白い雪の野　歩いてた
誰も通らぬ　平原に
小さい足跡　ついていた

夕べ見た夢　迷い夢
見知らぬ街を　歩いてた
誰も通らぬ　町中に
煉瓦の坂道　続いてた

夕べ見た夢　不思議夢
昔の人に　行きあって
みんな笑顔で　話掛け
だけど聞こえぬ　夢の中

餅撞き

朝寝坊した　冬休み
何処かで音する　ペッタンコ
あちこち音する　ペッタンコ
やっ大変だ　餅撞きだ

湯気一杯の　中庭で
父さん杵持ち　ペッタンコ
母さん餅こね　ペッタンコ
縁側おかがみ　並んでる

おろし餅　きなこ餅　ちぎり餅
煙草一服　お爺さん
小餅丸める　お婆さん
待ち遠しいな　お正月

冬将軍

冬将軍がやって来た　キンキロリ
風巻き起こし　枯れ葉を散らし
雪もちらちら　舞ってきた
キンキロリ　キンキロリ

冬将軍がやって来た　キンキロリ
遠くの国から　海越えて
山も真っ白　冬化粧
キンキロリ　キンキロリ

冬将軍がやって来た　キンキロリ
雪をどっさり　持って来た
空気がキラキラ　光ってる
キンキロリ　キンキロリ

冬将軍がやって来た　キンキロリ
もうすぐ　クリスマス　お正月
待ち遠しいな　冬休み
キンキロリ　キンキロリ

小川

鍛冶屋のくだん坂　駆け降りる
丸太の橋がかかってた
橋は苔蒸し　薮の陰
小蟹を取った　あの小川

薮陰水車　回ってた
樋につららが連なって
氷の槍先　光ってた
小鮒を釣った　あの小川

径を笹持ち　駆け降りた
七夕流し　願掛けた
笹船浮かべ　囃立て
せせらぎ追った　あの小川

赤切れ

手の指　赤切れ
藁草履　霜柱
学校カバン

足のかがと　黒い膏薬
夜なべ仕事　砧音
母の針仕事

餅撞き　御伽噺
肩叩き　赤切れ
吹雪の音

夜のしじま　遠い太鼓
耳に残る　遠い太鼓

うつつに聞いた　朧にかすか
夢路に誘った　デンデン太鼓
子守歌　母の背　デンデン太鼓

幼い頃の　遠い太鼓
父の土産の　オモチャの太鼓
童歌　幼馴染み　トントン太鼓

賑やかな　遠い太鼓
笛の音混じる　楽隊太鼓
ちんどんや　街の辻　楽隊太鼓

遠い太鼓

月夜に聞いた　腹づつみ
お囃混じり　祭太鼓
盆踊り　丸団扇　祭太鼓

宵に聞いた　お寺の太鼓
小僧が叩く　お務め太鼓
居眠り小僧　線香の匂い　お寺太鼓

京都で聞いた　神社の太鼓
若い夫婦の　おかがみ太鼓
御祓い熨斗　初雪ちらちら　神社太鼓

悲しく聞いた　送りの太鼓
黒い列動く　別れの太鼓
遠ざかる　涙で聞いた　野辺太鼓

れんげ

れんげ畠で　蝶を追い
つくし探した　花むしろ
うらら春の野　溝のせり
たにし這い出す　水たまり

れんげ畠で　糸取り遊び
てんとう虫探した　花むしろ
うらら春の風　菫草
しじみ這い出す　水たまり

れんげ畠で　雲雀を見つけ
青空見上げた　花むしろ
うらら春の日　忘れな草
どじょう動いた　水たまり

チンドン屋

チンチンドンドン　鐘太鼓
のぞきからくり　ばちの音
しわがれ声の　語りべの
お猿が跳ねる　赤ちゃんこ
操り人形　ピノキオの
ビオロン侘びしい　旅芸人

ジンタの響き　テント小屋
小さな日傘　よろめき落ちた
にっこり笑んだ　軽業少女
玉乗りピエロに　ひょつとこ　おかめ
とんぼをきった　かくべえ獅子
何処へ行ったか　旅芸人
何処へ行ったか　あの少女

水遊び

歓声揚げて　飛び込んだ
小川の深み
学校帰り　裸になって
水浴びした
あの小川
小魚を掴み取りした　あの川底
ぬるり滑った　粘土土
アヒルが逃げて行った

用心しながら飛び込んだ
溜め池の深み
学校さぼり　釣りに行った
あの蓮池
どぼ貝を掴み取りした　あの池底
ぬるり巻き付いた　菱の蔓
かいつぶり戯け　池もぐる
蓮が咲いていた

ボロ着のおじさん

踏切の向こうへ
遊びにいった帰り道
踏切で　ボロ服おじさんに会った
真っ黒顔の大男
僕を見て　にっと白い歯　近付いた
僕は驚き　大声泣いた

子供好きなおじさんかもと
母さん言って大笑い
そうだったかも知れないいな
けれど幼稚園前の僕には
子取りに見えたんだ
踏切の向こうは
とっても遠いとこだったんだ

山道で

山吹が咲く山道で
子兎みっつけた
子兎ピョンピョン跳ねて行く
黄色いトンネル逃げてった

菫咲く小川で
めだかをみっつけた
めだかすいすい群れて行く
澄んだ清水を群れてった

五月晴れの山路で
緑の風みっつけた
白い花弁がひらひら飛んで行く
風にきらきら舞って行った

五月晴

柿の若葉　キラキラ光る
空には　大きな鯉のぼり
たんぽぽ法師　落下傘
蛙　苗代　音楽会

小川の沢蟹　キラキラ光る
空には　ヒバリ天高く
れんげの畑　花じゅうたん
鳶　青空　舞踏会

友

鉄棒得意な　はにかみや
色浅黒く　すばしこく
Sを恋した　あの友は
異国に去って　今何処に

独りよがりの　あまのじゃく
格好つけた　二枚目の
伊達を気取った　あの友は
故郷離れて　今何処に

いつもにこにこ　控え目で
大人ぶってた　身のこなし
Mに片恋　あの友は
異境にあって　今何処に

遊び疲れて　帰り道
夕焼け雲も　暗くなり
とうとうあたりが　暗くなり
後からひたひた足音が
後から誰かが来るような

夕暮れ

急いで帰る　薮の道
月の光も　仄暗く
コウモリ　ハタハタ飛び交って
後から付いてくる　影法師
後から誰かが追って来る

駆け駆け帰る　森の道
社の細道　寂しくて
確かに　何かが　いるような
後から物の怪　来るような
後から誰かが呼ぶような

意気地無し

学校帰り　家まで付いてくる
足早めれば　あの娘も駆ける
困った　追ってくる　僕は逃げてった
こわかった　いくじなし

朝礼の列で　手を握られた
列の後ろの　あの女の子
困った　汗が出る　僕は手を引っ込める
恥ずかしかった　いくじなし

稚友達　思わぬ訪れ
もうすぐ嫁ぐ　あの娘は泣いた
困ったどうしょう　僕は言い淀む
悲しかった　いくじなし

幼馴染みが　じっと目を合わせ
ついて行きます　あの娘は言った
困ったどうしょう　僕はうつむいた
決心出来なかった　いくじなし

きもだめし

ぞくぞく　寂しい　月明かり
黒い影法師　　ついて来る
足音　ひたひた　ついて来る
嫌で　わくわく　きもだめし
夏虫　しきりに　鳴いている

とことこ　寂しい　月明かり
何処かで　夜鷹が　鳴いている
水車　ぎいぎい　回ってる
恐い　ぞくぞく　きもだめし
誰かが　後から　追ってくる

段々　登った　月明かり
社のロウソク　仄暗く
松の木　何かが　潜んでる
すわと　仰天　きもだめし
がき大将　真っ先に　逃げ出した

雀の学校

雀の学校は　朝早い
お日さま昇る　6時前
ピイピイ　ピイピイ
1年生
ちゅんちゅん　ちゅんちゅん
2年生

雀の学校は　屋根の上
暑いトタンの　グランドで
ちょんちょん　跳ねてる
3年生
ピョンピョン　跳ねてる
4年生

雀の遠足　川の土手
れんげ　たんぽぽ　花盛り
きょんきょん遊ぶ
5年生
ぱたぱたはしゃぐ
6年生

かっこう

かっこうが　朝の挨拶
もう起きなさいと　呼んでいる
さつき咲きそめ　花の庭
鳩は巣作り　忙しい
カッコウ　カッコウ　カッコウ

かっこうが　朝の挨拶
学校遅れるよと　呼んでいる
青葉の茂る　欅道
燕は子育て　忙しい
カッコウ　カッコウ　カッコウ

かっこうが　朝の挨拶
今日も元気でと　呼んでいる
梅雨入り前の　晴れ続き
衣替えした　女学生
里は田植えも　始まった
カッコウ　カッコウ　カッコウ

ビー玉

道に落ちてた　小さいビー玉
透明　朝日に　光ってた
幼い日々に　寺の庭
片目つむって　放り投げ
コチン音して　弾け合う
遠い昔を　思い出す

誰が捨てたか　ガラス玉
丸い宇宙に　虹を見た
子供の日々に　宮の庭
ポケットジヤラジャラ　膨らませ
転げ探した　草の道
遠い昔を　思い出す

雨の公園

雨が降る
誰もいない公園
滑り台　砂場
赤いスコップ一つ

雨が降る
栗の花蒸せる公園
ブランコ　シーソ
黄色い靴一つ

雨が降る
紫陽花濡れてる公園
水飲み場　ベンチ
白いボール一つ

蚊帳

母さんが　ローソク灯して
蚊を探す
暗い四角い　蚊帳の隅
見つけ炎を　ジュッと当て退治

ばあさんが　うたた寝しつつ
風送る
金魚の泳ぐ　丸団扇
その内口の中　ムニャと言って眠る

取ってきた　螢放ち
小宇宙
流れ星だよ　あの螢
夜間飛行機だ　この螢

ジーとなく　緑の夏虫
蚊帳の外
開けた縁先　天の河流れ
蛙の合唱　夢まで続く

弟と　泳ぐ真似して
戯れた
緑の波だ　蚊帳の上
何故か早起き　夏休み

タンポポ

タンポポ落下傘　飛んで行け
風に吹かれて　空高く
一と山越えて　峠越え
向こうの谷まで　飛んで行け

タンポポ小僧　飛んで行け
川を渡って　向こう岸
藁屋根越えて　丘越えて
隣の村まで　飛んで行け

タンポポ胞子　飛んで行け
友達誘い　青い空
杉の木越えて　森越えて
雲の上まで　飛んで行け

新米自転車

丁稚乗りして　お使い行った
雨が降るので　夢中で駆けた
あれあれ　お米が零てる
誰かに言われて　慌てて停めた
米がパラパラ　水溜り

ふらつきながら　坂道送る
ばあさん重く　反っくり返った
あれあれ　土鍋が割れている
助け起こして　べそかき謝った
空は夕焼け　寺の鐘

シャボン玉

まあるいまあるい　シャボン玉
膨らんだ膨らんだ　大きいぞ
赤　青　黄色　虹の玉
飛んでけ　飛んでけ　空高く
風に吹かれて　あの木まで

ふんわりふんわり　シャボン玉
ゆらりゆらりと　流れ行く
淡い綺麗な　宇宙船
飛んでけ　飛んでけ　向こう岸
風に流され　舟の上

小さな小さな　シャボン玉
不思議だ不思議だ　泡粒小玉
色とりどりの　水玉小僧
飛んでけ　飛んでけ　屋根の上
消えるな　頑張れ　み空まで

焚火

とんどだ　とんどだ　どんどんくべろ
水車小屋のつらら　チャンバラごっこ
凍えた赤い手　暖かい

とんどだ　とんどだ　どんどん燃えろ
刈り田の稲穂　パチパチ弾け
白い焼き米　香ばしい

とんどだ　とんどた　集まれみんな
もぐらが逃げて　ほかほか匂う
あちち焼き芋　丸かじり

こだま

汽車に乗って　紀州に行った
田舎の庭に　ドングリ筵
背戸を明ければ　鈴成りみかん
2つかじって　谷間に投げた
やっほ　やっほ　谺が返る
おーいおーいと　谺が返った

荷馬車に乗って　駅まで行った
黄色い稲田に　かがしが一人
頬被りして　ヒョツトコお面
田舎の汽車は　煙を吐いて
ポッポ　ポポポポ　渓谷走る
ゴトンゴトンと　鉄橋渡った

砂場

幼稚園　塀の外から覗いた砂場
いつかあそこで　砂山作り
トンネル掘って　崩した砂場

一年生　追い詰められて転んだ砂場
おてんば娘と　取っ組みあって
顔中砂で　暴れた砂場

がき大将　十人抜きの相撲場で
シャツをひっさき　べそかいて
肩を落として　帰ったあの日

高校生　いつも放課後来た砂場
鉄棒握って　語らった
あの日は遠く　秘めた恋心

鍬がた虫

くわがたむし　くわがたむしは何怒る
ぎざぎざ角を　振りかざし
前足しっかと立上がり
大きな奴に向かってく

悪戯小僧　悪戯小僧は何をする
筆箱忍ばす　くわがたむし
机の上で　遊び出し
人の首筋　這わせてる

くわがたむし　くわかたむしは朝の山
椽の林　木を揺らし
コウモリ傘で　受けて捕る
砂糖水やって　強くする

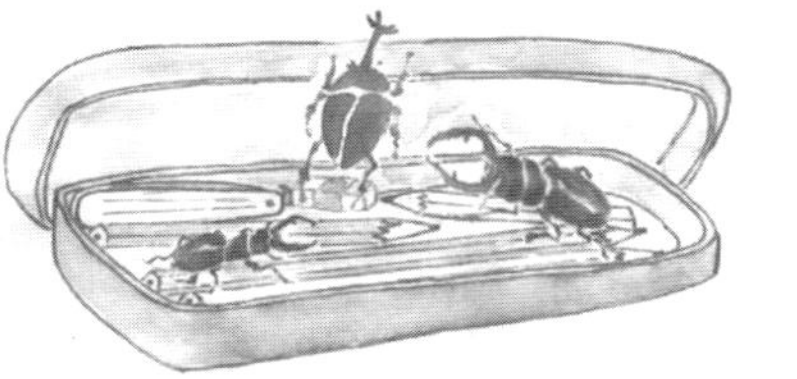

麦わら帽子

けしの畠で　小昼のいりこ
麦わら帽子　皿にして
穴あき鏡　覗いたら
鞋の先を　蟻が行く

お使い帰り　浴衣の弟
麦わら帽子　ふかふか頭
木の橋　魚　覗いたら
帽子ひらひら　川の舟

風呂

父さんは　　暑いお風呂が大好きで
へちま使って　垢落とし
痛いよ痛いよ　勘弁だ
水鉄砲で　　遊ぼうよ

母さんは　　温いお風呂が大好きで
すべすべ膝で　丁寧シャンプー
眠いよ眠いよ　もういいよ
上がってようかん　食べようね

弟は　　広いお風呂が大好きで
船のおもちゃを　持って来る
ピチャピチャぴちゃぴちゃ大はしゃぎ
もう１００数えて　上がろうね

カマキリ赤ちゃん

透明の　青いカマキリ　窓カーテン
どこから入ったかカマキリ赤ちゃん
お家へ帰ろと　カマをあげ
母さん探して　招いてる

柔らか　綺麗なカマキリ　窓ガラス
どこから来たかカマキリ赤ちゃん
一人ぼっちで　遠出して
道に迷って　泣いている

透明の　小さいカマキリ　外へ出た
どこへ帰ろか　カマキリ赤ちゃん
梅雨晴れの木で　思案して
そろそろ歩いて　行っちゃつた

黄色い土塀

小屋の土塀に　もたれて日向ぼこ
背中ほかほか　暖かい
藁と小石を　塗り込めた
黄色い土塀　今は朽ち

小屋の土塀で　集まり馬乗り
重いぞ重いぞ　響いてる
ひび割れ　走ってた
黄色い土塀　今は無し

小屋の土塀で　押しくらまんじゅ
ほら押せこら押せ　ふっ飛ばせ
背中に黄色い　砂こすり
黄色い土塀　思い出遥か

小屋の土塀で　かくれんぼしてた
ずるいぞ鬼が　横目で見てる
紅い鼻緒が　隠れていった
黄色い土塀　懐かしい

雲

白い雲　遠い雲　思い出雲
土手に寝転び　見上げた空に
入道雲が　むくむく立って
てんぐ　海坊主　大入道
次々現れ　むっくむく

白い雲　遠い雲　思い出雲
里の峠で　仰いだ空に
白い綿雲　ふわふわ浮いて
ヨット　おさ舟　宇宙船
次々連なり　ふうわふわ

白い雲　遠い雲　思い出雲
夕べ浜辺で　眺めた空は
夕焼け雲が　茜に染まる
錦帯　赤い橋　長い列車
次々移り　さよならしてる

白い雲　遠い雲　思い出雲
草の小路で　見上げた空に
鰯雲　鱗が　広がった
綿帽子　大船団　雲の学校
次々斑ら　夕日に染まる

匂い

朝のにおいは　湯気から上がる
味噌汁　御飯　トースター
公園行けば　草いきれ
くちなしつんつん　匂ってる

昼のにおいは　廊下を伝う
給食　弁当　お茶配り
田舎のバスは　窓の風
扇子の香水　匂ってる

夕べのにおいは　露地裏の
スープ　焼肉　焼き魚
風呂屋の暖簾　テンカフン
浴衣の肌が　匂ってる

石が語った物語

砂漠の　丸い石に聞いた
遠い南の物語
星空の　椰子の茂み
珊瑚礁　魚の戯れ

苔むした　青い石に聞いた
遥か昔の物語
月の夜の　黄金虫
奥山の　狸の腹鼓

砂山の　白い石に聞いた
遠い北の物語
星月夜　砧の音
雪の里　座敷わらし

音

トントン　あれ何の音
朝の雨戸を叩いてる
早起きポチが呼んでいる
散歩に行こうと呼んでいる

トントン　あれ何の音
昼の二階で音がする
嫁入り姉さん襷掛け
着物作ろと機を織る

トントン　あれ何の音
夜のしじまに聞こえてる
小屋で爺さん砧音
鞋作ろと藁を打つ

トントンあれ何の音
夜の目覚めに聞こえ来る
いつか数えた雨の音
昔を偲ぶ　旅枕

トンテンカン　トンテンカン
トントコトントコ　トンテンカン
火花が飛ぶぞ　気を付けろ
鍛冶屋のおじさん　太い腕
まえだれをして　穴に入り
若い衆相手に　鉄を打つ
トンテンカン　トンテンカン

鍛冶屋さん

トンテンカン　トンテンカン
トントコトントコ　トンテンカン
ふいごで石炭　赤くなる
息をも付かず　汗飛ばし
みるみる鍬が　出来上がり
水にジュンと　冷やされた
トンテンカン　トンテンカン

トンテンカン　トンテンカン
トントコトントコ　トンテンカン
真っ赤な火花が　飛んで来る
内庭越えて　板間まで
アチチ当った　赤い鉄
隠れろ逃げろ　大火鉢
トンテンカン　トンテンカン

膝小僧

いつも擦り傷　作ってた
ぼくの小さな　膝小僧
鬼ごっこ小石に　つまずいて
電車ごこ坂道　走り過ぎ
またまた転んだ　血を出した

いつも綺麗に　揃ってた
姉さん丸い　膝小僧
かけっこ　白馬駆けて行く
なわとびスカート　翻し
ぴょんぴょん跳ねた　膝小僧

花嫁姉さん

金らんどんすの　帯を付け
姉さんお嫁に　いっちゃつた
家を出る時　涙の滴
長い睫に　たまって落ちた

畦道ゆっくり　駒下駄はいて
姉さんお嫁に　いっちゃつた
白い手引かれ　行列歩む
赤い唇　さよなら言った

坂の辻道で　ハイヤーに乗った
姉さんお嫁に　いっちゃつた
金の簪　揺れていた
ほんのり移り香　残して去った

松ぼっくり

まつぼっくりを　蹴り蹴り帰る
夕日が落ちて　寺の鐘
三番星が　キラキラ光る
どう言おうかな　遊びほうけ
困ったなあ　母さんの顔

まつぼっくりを　蹴り蹴り帰る
とっぷり暮れて　白薄
梟ホウと　鳴いている
どう言おうかな　遊びほうけ
困ったなあ　父さんの声

夏休みの思い出

青い海　白い雲
駆けて行った　焼けた砂浜
返す波　跳び越え戯れ
腰の炒り豆　潮味染みた
覗く海底　小さい魚見つけた

緑の山　白い雲
競い登った　橡の小径
遅い鶯　谷に鳴き
かえった蝉　足元に飛び
覗く木の穴　甲虫見つけた

柿の木坂

学校通いの朝夕に
いつも通った峠道
柿の木一本坂の上
赤い前掛け石地蔵

道草をした花の土手
取っ組み合った草の坂
転がり落ちた泥の畑
雨宿りした石地蔵

夏の終わり

蜩カナカナ　鰯雲
灯篭流し　何処へやら
祭囃に　夢枕
風鈴チリン　風の盆

赤トンボすいすい　茜雲
浜の賑わい　何処へやら
もやい小舟に　波の華
砂山一つ　藁帽子

白い浜

誰も居ない砂浜で　白い貝殻拾った
誰も居ない砂浜を　何処までも歩いた
波の音を聞きながら
波の光を感じつつ
揺り籃のリズム
揺り籃の想い出

波の返す砂浜で　少女に会った
波の光る砂浜を　肩を並べて歩いた
カモメ鳥を追いながら
遠い帆掛け眺めつつ
遥かな想い
遥かな想い出

暮れなずむ砂浜で　波の音を聞いた
暮れなずむ砂浜で　独り空を眺めた
もやい舟に寝そべって
波のリズムに任せつつ
懐かしい想い
懐かしい想い出

ヒマワリさん

ヒマワリさん　どうしたの
黒い顔して　御辞儀して
黄色い花弁　散らしてる
暑い真夏に　ぐんと伸び
太陽向かって　咲いていた
あの勢いは　どうしたの

ヒマワリさん　どうしたの
元気を無くし　頭垂れ
黄色い花弁　枯らしてる
暑い真夏に　リンと立ち
夕立　雷　負けないで
あの勢いは　どうしたの

丸い御膳

覚えているかい　丸い御膳
五人で囲んだ　木の御膳
真ん中四角　穴開き御膳
今夜好き焼き　七輪置いた

覚えているかい　丸い御膳
ごろごろ転がし　折れ脚立てた
真ん中四角　穴開き御膳
父さん待って　おなかが鳴った

覚えているかい　丸い御膳
僕と弟　三人ぼっち
お箸並べて　おでんをつつく
留守番寂しい　コオロギ鳴いた

こくもんかき

夕方姉やと　裏山へ行った
松の林で　熊手で集めた
竹篭一杯　こくもん集めた

林の中の　広場へ行った
こくもん敷いて　相撲をとった
松ぼっくりを　集めて投げた

影法師踊り　満月照らす
向こうの森で　梟鳴いた
露の山路　篭しょつて帰った

コンコン　コンぎつね

宴会帰り　瞞して落とす
田んぼ　御馳走　くわえて逃げた
悪戯きつね　コンコン　コンぎつね
　コンコン　コンぎつね

山の祠で　青い火ともし
鳥小屋　鶏　くわえて逃げた
子育てきつね　コンコン　コンぎつね
　コンコン　コンぎつね

月夜の林　影法師踊る
桐の葉　帽子　トンボ切って化ける
きつねの学校　コンコン　コンぎつね
　コンコン　コンぎつね

後家ばあさん

村の外れの　一軒家
後家ばあさんが　住んでいた
垣根に萩が　咲いていた

山の滝口　泳いでいたら
後家ばあさんが　水浴びに来た
釣竿持って　囃て逃げた

姉さん嫁入り　宴の席に
後家ばあさんが　よろよろ訪ねた
除け者嫌だと　泣き泣き言った

凧揚げ飽きて　訪ねてみたら
後家ばあさんは　雨戸を閉めて
寝正月して　昔歌唄った

トンボ飛行機

欲しかった　トンボ飛行機
疎開で田舎に預けられた日
母にねだった　トンボ飛行機

母の返事は　花火と共に
方々店を探したけれど
見つからなかった　この次と

線香花火　パチパチ弾け
村の子供は　帰って行った

少なくなった　花火を数え
抱いて潜った　蚊帳の中

三輪車

溝に落ちてた　三輪車
誰が捨てたか　忘れたか
あれで遊んだ　その昔

幼馴染みの　きみちゃんは
はあはあけんけん　肩を押す
あの小さな手　今何処に

赤錆　転がる　三輪車
今日も横目で　見て通る
あれで遊んだ　その昔

悪戯坊主　がき大将
縄でハンドル　引っ張った
顔に大怪我　かたりぐさ

雪が舞ってる
雪が遊んでる　ぼたん雪

雪がとんでる
雪がういてる　ぼたん雪

山から小僧がやってくる
里から小犬が駆けて行く

雪が舞ってる
雪が流れる　ぼたん雪

ゆき

雪が歌ってる
雪がおどつてる　ぼたん雪

綿帽子ちぎって投げたような
紙の吹雪を撒いたような

もうすぐ土筆が顔を出す
もうすぐ蝶々もやって来る

彼岸花

学校帰りの　畦道で
青い茎折り　玉簾
それを輪にして　花飾り
苦い汁つく　彼岸花
稲穂が揺れてる　彼岸花

村の外れの　墓山の
草の地蔵を　車座に
丸く囲んで　揺れていた
赤とんぼ行く　彼岸花
すすきも揺れてる　彼岸花

蜂供養のうた

蜂のハッチは　死んじゃった
殺虫剤の　二吹きで
可哀相だが　その方が
虫取器の内　もがくより
苦しみ短く　終えるから

蜂のハッチは　死んじゃった
百日紅咲く　花の影
何の因果か　スズメバチ
人に疎まれ　捕われの
浮世哀しく　儚くも
いずれ弱って　絶えるより

鰯雲　鰯雲　空一面
トンボカップル　連なり飛んで
鈴虫鳴いてる　バッタが跳ねる
彼岸花　畦道　夕暮れ近い
帰ろ帰ろ　はよ帰ろ

さよなら　さよなら　陽が沈む
山並み重なる　あの向こう
白鷺が行く　二羽三羽
すすきの土手道　日暮れになって
帰えろ　帰えろ　はよ帰ろ

夕焼け

茜雲　茜雲　流れてる
村の地蔵さん　笑ってる
コスモス　風で　揺れている
柿の木　峠道　夕焼け暮れて
帰ろ帰ろ　はよ帰ろ

蛙の話

田圃で蛙が話てた
「ケロケロケロ」と賑やかに
水の中から顔出して
蝦蟇蛙さん仲間入り
「ゲロゲロゲロ」と歌ってた

小藪で鶯鳴いていた
「ホーホケキョ」と涼やかに
竹の茂みの奥の方
かくれん坊して「もうイイヨ」
「ケキョケキョケキョ」と遊んでた

川原で雉さん呼んでいた
「ケン」とたったの一声で
草の茂みに姿見せ
奥さん探してあちこちと
顔をキョロキョロ向けていた

芝生で雀が遊んでた
ピョンピョコピョンピョコ跳ねながら
立葵咲く小道まで
皆で一緒に虫探し
「チュンチュンチュン」と呼んでいた

想草

想草

片恋

赤い着物のコートが濡れて
唐傘赤く斜めに映えて
白いかんばせ微笑んだ
春雨しとと降っていた

水色スカートひらひら揺れて
花柄日傘自転車乗って
ばらの唇微笑み過ぎた
入道雲が湧いていた

女中菊一面夕風寒く
衿巻き白く浮いていた
黒い瞳が潤んで見えた
鯖雲夕焼け映えていた

恋

姉さんが好きだったのに
妹と仲良くなっちゃつた
あの娘自転車通学女学生
いつもスカート翻し
笑顔で言葉が弾んでた

姉さんに憧れていて
妹に恋されちゃつた
僕は自転車通学大学生
いつも気になるあの道で
あの娘の姿探してた

姉さんは行きずりの人
妹は僕の恋人
二人は熱い瞳で見つめ
いつも別れたあの街の角
四つ葉のしおり恋の想い出

冬

冬に来てみた　信州は
ただ木枯らしが　吹くばかり

朝赤焼けの　山肌は
ただ浮雲が　行くばかり

雪に埋もれた　田んぼには
ただ犬ころが　鳴くばかり

淡い陽のさす　土手道は
ただ野仏が　立つばかり

惜別

「さよなら」と言って　見送りの輪抜け
私は　汽車に乗った
餞に貰った　花束抱え
私は独り　涙してた

汽車は走り出す　花束振って
私は　別れを惜しんだ
瞼の焼きついた　姿は一つ
他はみんな　朧だった

皆の後ろの　柱の影で
あの娘は　独りぼち
薄化粧した　涙顔で
小さく白い手　振っていた

乙女

雪原に　点の赤いベレー
近づいて来て
にこやかに　笑み
すれ違って行った

青いコートに　黄色いリボン
黒髪の先
軽やかに　揺れて
過ぎて行った

白い路に　小さな靴跡
ただ一筋　残こる
ほのかな愁い持ち
跡なぞり行く

別れ

灰色の空　白い太陽
氷の梢　霧氷の流れ
小さな駅に　女が一人
赤い手袋　白いハンカチ
窓の外は　ただ雪ばかり
うつむく顔に　涙が光った

一人ぼっちの　白いホーム
樹氷の林　朝日が鈍い
曇りガラスに　女が一人
発車のベルに　か細い汽笛
朽ちた駅舎は　去り行く彼方
赤い手袋　白いハンカチ振った

送別

湯煙の宿に
君泣くか　別れの酒に
外は雪　　外は雪

世の定め
浮草の　　流れて悲し
夜は凍りゆく

錦鯉　　凍えて池に
並び群れいて
朝日ににぶく　　動き行く

雪　雪
無情の雪

杏　面影

杏花
汝が紅は　古の
花影染まる　白い頬

ああ杏花

十九の春の　嫁ぐ日近く
朧月夜　稲木の蔭
水車の水音　咽び泣き

あの花簪

柿の葉

急に来た寒さに
うず高く　柿の葉道に落ち
なお　はらり　はらりと
何か　想い出したように
はらり
また　ハラリと
路に落ちて行く

初冬の空　なお青く澄み
乙女　箒を持ち出し
片付けゆくも　なお
想い出のページを繰る如く
はらり
また　ハラリと
落ちて行く

梅雨の晴れ間

まあるい　かしぐるみ
まあるい　かしぐるみ
赤いバラ　サクランボ
梅雨の晴れ間

梁場の煙
アカシヤの花
蛍の巣群
葡萄柵小道
クローバー絨毯

タンポポ　胞子が飛んでいる
梅雨の晴れ間

彼岸花

野路に咲いてた　彼岸花
黄色い稲穂の　畑中の
雨に濡れてる　石塚の
赤く咲いてた　彼岸花

昔　幼い許嫁に
乙女の胸の　飾りにと
茎折り　玉数珠　作ったが
華　かんばせに　飾ったが

赤く燃えてる　彼岸花
山芋の葉の　白玉を
転がらぬよう　傘にして
芒野　草道　駆け降りる

幼ない昔に　帰りたい
遙な　昔に　帰りたい

さようなら

別れの言葉に
白い頬に　涙が一筋
外の闇に　粉雪舞っていた

うなだれた　長い黒髪
黒い瞳　涙に曇る
「さよなら」と　乾いた声

こぶし

生け垣　赤い椿　はらりと散った
霧雨そぼ降り　こぶしが咲いてた
ソナタ聞こえた　レース窓
白い蝶　三色菫　紫リボン
今日も雨降る　想いで小径
白いこぶしに　雨が降る

坂道　黄色い水仙　ひっそり咲いた
霧雨そぼ降り　こぶしが咲いてた
アルト聞こえた　白い窓
むら燕　石畳　黒いリボン
今日も雨降る　想いで小径
白いこぶしに　雨が降る

故郷

故郷の山に登り
見はるかす　青き野山は
白い社屋に埋まり
車　蟻のよう動めき行く

れんげ摘み　タンポポ結んだ　土の路
今は　広く堅い舗道に変わり
螢追った　小川の岸さえも　セメント壁

水清く　緑茂る　山河　今は無く
蝉鳴かず　山肌　甍に埋まる
かって見た　段々の菜の花畑
虹を追い　駆けてった　野の路に
鎮守森　僅かに残る

故郷の　山に登り
冷たい苔の石段を下る
訪ね来た　桃の園
今は小さくなって　なを花たけなわ
花影に　小指からめた　君は何処に
帰りたい　遠い昔に帰りたい

赤い唐傘

白蓮咲く　あの坂道で
すれ違った　赤いコート
赤い番傘の　紅色　映してた
微笑み　過ぎた
重ねの　襟元　白いうなじ
頬を染め　帽子取った　ただぎこちなく
見送った　後ろ姿　憧れながら
ナタネ梅雨　しと降り
移り香残す　石畳道

あの日限り　嫁ぐひと
渡せなかった　四つ葉のクローバ
涙で描いた　スケッチブック
今は色褪せ　初恋の
花のかんばせ　黒髪　赤い唐傘
今日も降る降る　小糠雨降る

卒業

裏山の　梅の花影　お下げ髪
黒い瞳　光る涙　小さい唇
肩寄せ合って
黙って眺めた　赤屋根校舎
花弁散ってた　あの卒業の日

校庭の　菫の花壇　サイン帳
白い顔　伝う涙　別れの言葉
オルガン聞こえ
四つ葉渡した　テニスコート
鶯鳴いてた　あの卒業の日

花嫁行列

朧月夜の　あの薮蔭の
川瀬の水車が　泣いていた
花嫁行列　行き過ぎる
簪きらきら　光ってた
桜の花弁　はらはら散った

菜の花一面　あの辻道の
祠の地蔵が　泣いていた
花嫁行列　行き過ぎる
提灯ゆらゆら　動いてた
白蓮花弁　はらはら落ちた

幼馴染み

縁側で　焼き芋かじり
日溜まり板塀　押しくらまんじゅ
干し藁たんぼ　かくれんぼした
君は何処へ

縁側で　かき餅たべた
日溜まり土壁　馬飛び遊び
青麦畑　鬼ごっこした
君は何処へ

縁側で　おじゃみを受けて
日溜まり筵　糸取り遊び
れんげの野原　ままごとをした
君は何処へ

縁側で　めんこを飛ばし
日溜まり社　ベー駒回し
刈り田畦道　チャンバラをした
君は何処へ

恋泥棒

いつも離れで　ソナタが聞こえた
いつか初めて　君に会った
桜吹雪が　黒髪に舞っていた

いつも離れの　ピアノを聴いた
いつごろからか　君に恋した
若葉緑が　白いドレスに映えていた

いつか離れで　セレナーデを聴いた
どうしようもなく　君に憧れてた
菜種梅雨降り　赤い袂が揺れていた

いつか離れの　ピアノが途絶えた
人づて聞いた　君嫁ぎいった
黄色い銀杏が　はらはら散っていた

出会い

朝の電車で　ふと乗り合わせ
ドアーの横で　目と目が合った
本を読んでる　ふりしていても
胸の高なり　春の風

今日も電車で　また乗り合わせ
降りて行くとき　目と目が合った
友と語らう　弾んだ声が
耳に残った　夏の風

今日もいつもの　電車に乗った
姿見せない　面影求め
空の吊り環が　カタカタ鳴って
何故か空しい　秋の風

午後の電車で　偶然会った
降りる間際に　かすれた声で
挨拶交わした　ドアー越し
ただそれ切りの　冬の風

秩父の春

梅の間から　鈴の音が
霞たつ　武甲山
桑の切り株　陽光光る

瀬音の向こうから　舟歌が
水温む　岩畳
なを芽吹き僅か　水玉光る

桜の古木に　汽笛が
花吹雪　並木路
辻の地蔵　春に笑む

おもいで

おもいでは　風に乗り
おもいでは　雲に乗る
かって　また会いましょうと言ったひと
きっと　忘れませんと言ったひと
おもいでは　山の向こう
おもいでは　虹の彼方

山青く　新緑かおり
アカシヤ　咲き
かって　そぞろ歩いた川辺
小川に小鮒のぼる
菜の花一面の野路
久しぶりに訪ねた里

懐かしいひと　既に無し

草の路土の路

草の小路は　思い出小路
れんげタンポポ　花簪
彼岸花とり　首飾り
いつか　君を飾った
川辺の　轍のある　土の路

草の小路は　思い出小路
水車きね音　朦月
螢を追って　丸団扇
いつか　君とはぐれた
川辺の　露草湿る　土の路

旅芸人

お寺の広間　ひょっとこ踊り
あっというまに　トンボ切り
おかめを付けた　白装束
にっこり笑った　あで乙女

地蔵辻道　操り人形
手風琴ひき　こま回し
逆立ちをした　角兵衛獅子
さすらってた　あで乙女

藪陰

藪陰の仮住まいして　十余年
僅か南の格子窓
ただ藪ばかり　竹ばかり
たださらさらと　風の音

藪陰の路を辿り　小川岸
時々出会った　お下げ髪
今は何処に　嫁いだか
今は何処か　風便り

藪陰の　春秋遥か　三十年
螢舞来た　格子窓
無残に朽ちて　瓦落ち
たださらさらと　風ばかり

カンガルー島

白い砂浜　広がる入江
誰も居ない　夕暮れ時
茜に染まる　雲を見てた
もやいのボート　寝そべりながら
ただ潮騒を　聞いていた

崖の中腹　ブロック館
灯火一つ　か細く光る
波打際に　白波灰か
水平線の　灯台見てた
ただ潮騒を　聞いていた

ブランコ

木犀匂う公園で
ブランコに　独り揺すって思い出す
遥かな昔　友達たちとかくれんぼ
銀杏落ちてた　寺の庭

薄の揺れる公園で
ブランコに　独り座って思い出す
遠い昔　子兎抱いてたあの少女
四つ葉見つけた　草の土手

サザンカ咲く公園で
ブランコに　独り遊んで思い出す
懐かし昔　狐捜して駆け巡り
椎の実拾った　宮の山

サザンカ

いつもの小径で　いつものように
ただ行き過ぎて　挨拶交わす
名前も知らず　ただそれだけの
サザンカ咲いてた　坂の道

いつもの小径で　遭え無くなった
ただ微笑んで　挨拶をした
行きずりの人　ただそれだけの
サザンカサ咲けば　思い出す

女先生

廊下の柱に　よじ登り覗いた
綺麗な女先生　新しい先生入ったぞ
何度も覗いた　見つかっちゃつた

お正月の学校に　餅持って集まった
綺麗な女先生　着物姿艶やか
カルタトランプ　白い手が触れた

運動会の練習で　体操服破れた
綺麗な女先生　繕ってくれた
背中の鍵裂きに　ガーゼのハンケチ当てた

卒業間近の帰り道　一緒に帰った
綺麗な女先生　自転車押し歩く
肩引き寄せて　結婚すると告げた

詩篇

夢へんろ

雪旅人

星行人

雪旅人

詩篇　夢へんろ

雪旅人

冬の旅

高原の駅　発車のベル
長く長く　尾を引いて
レール際　粉雪うっすら残る
枯れ木　小春にまどろむも
人っ気　野になし

唐松　唐松
凛と青空に立つ
刈り藁　野積みされ

何処か足りない
何か足りない
一人　旅行く

杏

薄紅霞む　里に来て
花簪の　枝仰ぎ
やっと　見つけた　遅い春

あれ程　焦がれた　花の里
花一面の　丘に来て
やっと　出会った　里の春

白い遠くの　山並みも
杏の紅の　縁取りに
短く　優し　花の春

夕月

青空に　真綿雲
夕月の輝き
梅雨晴れの　たまさかの刻
涼風　そよと　谷間から寄せて来た

そういえば　この日
里にまで来た　迷い鶯
暑い午後に
鳴き渡るのを聞いた

緑深い　山里の早い夕暮れ
赤いバラ　白いバラ　垣根越し
淡く　さやかに　浮かんでる

遠くに　汽車のしゃれき　谺して
夕げの煙　緩く流れる

半月　いよいよ赤く中空にかかり
何故か　故郷が偲ばれる

浮草に

浮草　掘割に流れ行く
浮草　小川を流れ行く
除虫菊　咲き乱れ
かし胡桃の実青く
橙黄色の野ユリ　近く
キリギリス鳴く　かなた
小さな浮草　流れ行く

藁屋根の　ところどころ
黄色い麦藁の　繕い見え
軒燕　忙しく行き来して
立葵　既に色褪せ
松葉ボタンのみ　艶か
照り返る道の　せせらぎを
浮草　流れ行く

信濃の春も　四歳の春は
悲しみの季節
　長い黒髪　細うなじ
　白い頬に　涙が光る
別れの宴　重ねども
慕る想い　燃え尽きず
　淡雪残る　山並み輝き
　小鳥里にきて　歌えども
灰色の胸の　埋み火悲し
四歳の昔の　出会いは遙か

惜別の春に

乙女の面影　瞳に残し
蝶のような　花のような
時に夕月の憂い　時に宵星の情
淡く潤む　緋く燃える
　今宵は別れ　何も言えず

千曲川早春

白銀の野路を駆けて　土手に登ったら
朝日に小波　光ってた
どちらを向いても　雪景色
藍色の水が　とうとうと
白一面の静かさの中を
割って流れ行く

見上げる空に　白鷺が飛ぶ
一羽二羽
古い吊り橋の下
もやい船ゆるく動いて
投網打つ　人影遠く
音なし

西風痛く　頬を過ぎ
庚申塚一つ　埋み残し
石の温かみ
雪解け　少し

千曲の川風　吹き抜けた
朝霧込めた　谷合いの
小さき駅の　汽笛聞き
継ぎ足し壁は　線路際
狭い棟屋を　連ねあり
我晩春の情持ち
四歳通った　仕事場も
今は　遥に　なりにけり

土気被った　バス待ちの
檽子格子戸　ねずみ宿
藁屋の棟は　早崩れ
四歳の流れに　消され行く
帰り燕の　宿何処

信濃　想い出

コートも　未だ　雪解けの
水を残して　人気無く
若者　未だ　春追わず
娘子　白衣を翻し
三々五々に　集い居て
春の祝いを　噂しつ
我を阻んだ　岩鼻も
今は懐かし　偲ばれる

坂城の春は　花の里
紅梅　杏　桃の花
林檎の園と　菜の花盛り
土筆を摘んだ　千曲の土手も
今は　遥に　なりにけり

惜春

菜種梅雨ふる　今日も降る
白い水仙　頭を垂れる
赤い椿が　ポタリと落ちる
里の桜が　散りそうな

小糠雨ふる　今日も降る
白い雪柳　水玉模様
赤い木蓮　憂いを含む
丘の桜が　散りそうな

小雨ふるふる　今日も降る
淡紅杏　かんざし霞み
淡い芽吹きが　日に日に緑
山の桜が　散りそうな

桃源境

峠をぐるり巡って訪れた
小さな丘の里は
しゅうかいどうの花盛り
密蜂羽音をたてていた

だらだら坂道　草の道
たんぽぽ一面　桑畑
赤、白、ピンク　桃の花
花簪に匂ってた

菜の花畑　里の路
しだれ桜が　咲いていた
谷で鴬鳴いていた
蝶が三匹　舞っていた

赤トンボ

すいすいと　夏の朝空　赤トンボ
南の方へ　飛んで行く
かって　灰色の雨の降ったあした
青空に　一匹だけ見た　赤トンボ

思い出す　別れ別れになった　幼馴染み
焼けて無くなった　街の板塀の家
あれから　三十年
こともなく　豊かに緑に被われた　安らぎ
暑い夏の日　セミ無心に鳴く
今日は　広島の日

朝

ぞくっとする　寒さに
まだ暗い朝に
うつら　来し方行く末を思う
やがて　雀一羽　また一羽
軒に鳴き　屋根で跳ねる
雨戸に一条　うす明かり
今日は久しぶり　晴れらしい
一刻のまどろみで
たわいない朝夢にうなされて
生暖かい床から反動をつけ
やっ！と跳ね起きる
つんと寒い朝
今日はまだ火曜日

秋

すっきりと　　秋が来た
乾いた空気に　高い空に
小鳥のさえずりに
眩い朝日に
良く響く雀脅しに
台風が　夏の残りをすっかり運び去って
すっきりと　　秋が来た

すっきりと　　秋が来た
黄金の稲穂　　白い雲
犬の鳴き声に
葉裏に光る露に
からから鳴る　鳴子に
野分けの風　草原を過ぎ行き
すっきりと　　秋が来た

朝のオーケッソラ

夜明けの　目覚め
虫の声　か細いコーラス
やがて鳥の声　混じり出し
しばらく合奏
次に新聞配りの単車
カタンとポストの蓋
暫し静寂　まどろみの刻

隣室　妻の目覚まし
虫の声　いよいよ細く
鳥の声　既に遠のく
犬の声
俎の音　ラジオの会話
通りに　靴音急ぎ足
今日は秋晴れ　いざ起きるか

せっかくの連休も　雨　雨
百日紅散り
萩も散り
めだかが死に
猫がトタン屋根で喧嘩
急に冷え冷えしてきた暗い部屋
空しい一日

秋雨

電線に山鳩が濡れそぼり
庭の芝　水浸し
毛虫　くちなしの葉を食いつくす
たまさかの小止みに
ひぐらし僅かに鳴き
白い蝶二羽　ひらひらと飛ぶ
重い鉛色の雲
空しい一日

すっきりしない
小糠雨降る
私の心も

苦労知らずの
ぶらぶら病に
気怠い身体
朝夕通う
惰性の日々を
僅かしかない
先の当てなく

鉛色

秋雨の
今日も降る
鉛色

日々なれど
おかされて
引きながら
二時間の
恥じながら
営みの
過ごす日々

私の心は
せめて青空
気持ち引き立て
せめて蝶蝶
心弾ませ

鉛色
広がれば
行くものを
舞うなれば
行くものを

キラキラした朝
ぞくっと寒い朝
ゆらり朝日　露草の露に光る
青空を見上げ
はるか　山に向かい
わっと　声をあげれば
紅葉の谷間を
谺が　　わっと返ってきた

秋好日

うらうらした昼下がり
仄々した　温かい昼に
ぽつりガラス越し
コートを眺め
渇いたボールの音を聞く
あっと　声を揚げそうになる
若い過ぎし日々の想い
コーヒーの香　揺らぎ
こくり　居眠りを誘う午後

ふるさと

今まろやかな　山並みのふるさとは
コバルトブルーの　青空と
もえぎいろの　紅葉と
黄金色の　稲に
赤トンボが飛んでる頃だろう
背戸の柿が赤く熟している頃だろう

今ふるさとは
遠くなってしまったふるさとは
桐の葉が舞落ちている頃だろう
紅葉が日一日赤みを増し
祭囃が遠く聞こえる頃だろう
稲田の鳴子がカタカタなり

今静かな郊外に住む父母は
曲がった背伸ばしつ白髪とき
学校へゆく孫を見送って
あの坂道をそよろ上り
落葉敷く公園のベンチで
憩っている頃だろう
めっきり弱った足をさすり
世間話をしている頃だろう

父が座敷机にまどろみつつ
　短歌をひねり
母が日当りの縁先で背を丸め
　針仕事をしてる頃だろう

故郷の秋

山に椎の実落ちて
川に鮎が跳ねる
楓色付き　空青く
背戸の柿の木　椋鳥鳴いた
故郷は　故郷は　秋盛り

山に桑の実落ちて
林にあけびが割れる
薄銀色　空高く
遠く近付く　祭り太鼓
故郷は　故郷は　秋最中

秩父巡礼

秋の陽を避けて陰を行く
母哀れ
白髪　丸い背　細い足
巡礼道を杖を手に
桑の畑道　刈り田道
ほらもうすぐに　御堂です

太った身体でよたよた歩く
父哀れ
小男　頑固者　遠い耳
納経堂で朱印受け
秩父の町中車除け
ほらもう次の　札所です

桐の葉が舞い落ちる山路を
団栗の敷き詰めた山路を
雲一つ無い紺碧の空の
黄色の梢の葉裏を透かしつつ
近く鮮やかに見える山並みの
稜線を仰ぎつつ
誰も通らぬ尾根を行く

バラ柵の牧場過ぎ
キラキラ光る楠の葉や
ひらひらと舞う樺の葉を愛でながら
薊やりんどうの鮮やかな紫を愛でながら
薄の銀波分けて行く

晩秋

森影の赤いトタン屋根の社
朽ちた水岩間を流れ
ふと出た山里は柿が鈴なり
仄か柚子の香して
雛菊咲く廃屋の庭眺め行く

高崎歩道

乱菊花壇　達磨寺
草原　道を失いつ
草種　ズボンに絡つつ
道を尋ねて　桑畑
道を探して　梨畑
紅葉の枝で　埋まる道
千人隠しの　谷を行く

漆の赤い　彩りや
蔦の黄色い　彩りを
妻は愛でつつ　足を引き
山芋の実を　摘んで行く
遥かに見える　白観音
何処まで続く　土の道
薄　茨の　道を行く

木漏れ日

木漏れ日が　枯れ葉の径にシルエット
木漏れ日が　遊ぶ子達にシルエット
真鴨が憩う沼の岸
真っ直並んだ杉木立
小春の陽気縞模様

木漏れ日が　枯れ葉落ち敷く山の道
紅葉のアーチ　峠道
丸い斑点　シルエット
雑木林に　シルエット

志

いつの間にか　志を失った
いつの間にか　夢を無くしてた
父母が元気に生きる内
輝く成功見せようと
望んだ意気込み　褪せて行き

2時間通勤　擦り切れた
傷んだ心を　繕って
たまさか気晴らし　山歩き
ささやか宿で　憩い持ち
老いを感じる　この頃の
重い身体を　引いて行く

いつの間にか　無くした志
いつの間にか　無くした夢
これではいけない
せっかくの人生
これではいけない

晩秋

知らない道を訪ね行く
知らない里を行き過ぎる
干柿軒に吊してた
火の見の鐘が錆びていた
コスモス風で揺れていた

知らない山道辿り行く
知らない峠を越えて行く
ドングリパラパラ落ちていた
枯葉カラカラ散っていた
庚申午後の陽当ってた

知らない尾根道過ぎて行く
知らない林を過ぎて行く
雑木の梢が透けていた
木漏れ日枯葉道落ちていた
汽笛が谺し聞こえてた

師走は落着かない
何となく落着かない
外は小春日続き
山へ行けば良かったかな
公園へ行けば良かったかな
枯れ枝に１つ柿残り
枯れ枝に３ついちじく残り
じょうびたきが来て
鵯が来て
灰色の名知らぬ山鳥来てキィと鳴く
私は落着かない
何かを探しつつこの一年も終わる

師走

師走は落着かない
世の中が落着かない
何とか平穏無事だった一年を謝しつつ
無為に過ごしたときを悔い
何も出来なかったことを恥じるこの頃

ルミネきらめく
枯れ葉散らした
思い出求め
港の汽船
遠く冷たく
黒い波の上

横浜

師走の街に
夕暮れの並木路
彷えば
光のツリー
まばたく灯り
カモメ鳥

葉ボタン植わる
名残のバラが
木枯らしの街
霜のベンチに
夕べの賑わい
入り船霧笛

夜明けの園に
まばらに残る
彷えば
枯れ葉舞う
どこへやら
白波ばかり

牡丹雪

雨戸を開ければ　雪が舞う
ふうわり大きな　牡丹雪
暗い空から　降ってくる
見る見る白い　芝の上
雀が寒そに　集ってた

公園並木　雪化粧
綿くず程の　牡丹雪
風に流され　降りてくる
子猫が寒そに　泣いていた
沈丁花の陰　泣いていた

白い花弁　綿の船
牡丹雪　過去を埋めて行く
牡丹雪　春を運んで来る
昨日終わった　クリスマス
南天赤く　松飾り

星行人

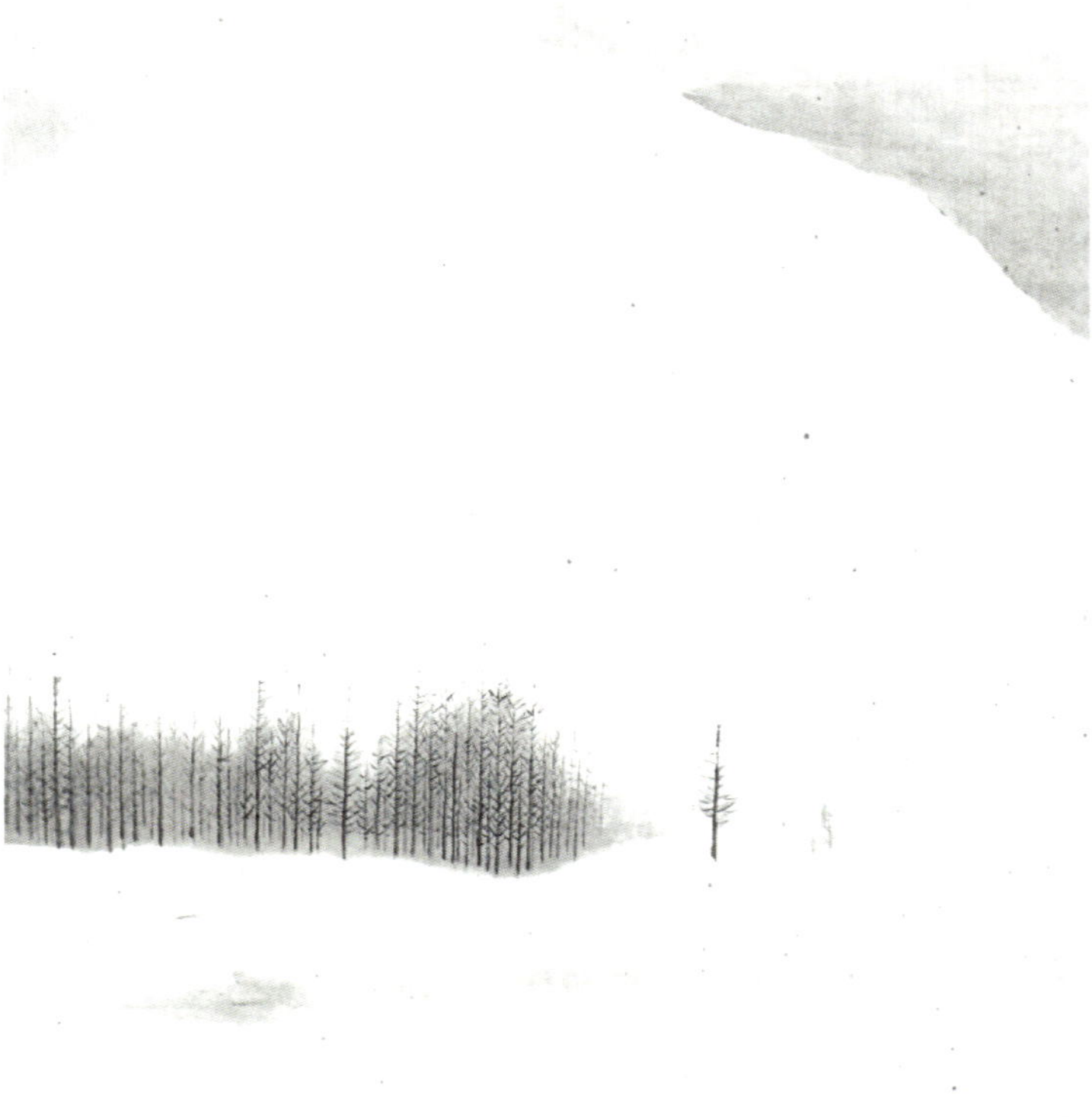

星行人

冬の旅

雪が降る　雪が降る
私の心に　雪が降る
独り出て来た　冬の旅
稲むら　切り株　広野原
小川凍てつき　鉛色
粉雪が舞う　小径行き
淋しさばかりが　通り過ぎ
虚しさばかりが　吹き抜ける

雪が降る　雪が降る
私の心に　雪が降る
独りぼっちの　冬の旅
から松林　すすき原
畑は灰色　霜柱
木枯らしが吹く　小径行き
悲しさばかりが　通り抜け
虚しさばかりが　吹き抜ける

テーブルに乗っている　緑石
南の国を思い出す
五年前　友とドライブした
ニュージーの入江
水の中で　一際青く見えた石
手の平に　ちょうど入る程の平たい石
いつの間にか　三本の割れ筋が走り
乾き　埃を被り　白く見える石
一緒にドライブした友は　今如何に

緑石

白い雪の峰を見た
青く澄んだ入江を見た
緑の平原で　点々草をはむ羊を見た
たどたどしい会話で
しかし心の通じあった友がいた
緑石を見る度　私の心は飛ぶ
もう一度　石の故郷へ訪ねたい
おまえを伴って

日記

過ぎた夏の日　追いながら
日記のページ　風が繰る
何かもの哀しい　夏の終わり
浜に人気なく
夕陽　白波に　きらきらと

過ぎた夏の日　追いながら
盆の送り火　とんぼ行く
何かもの哀しい　夏祭りの後
山里に人気去り
薄　夕風に　さらさらと

小さな白い蝶

白い蝶ちょ
小さい蝶ちょ
小さい白い蝶ちょ
コスモスの揺れる丘に
秋風の吹く高原に

たった一つ
ひらひらと　あてどなく舞う
たった一つ
生ある限り　舞って行く

冷雨

寒い
猛烈に　寒い
梅雨前の　蓮に
冷たい雨
今日も雨
浮き立たない心を　かきたて　かきたて
なりわいの　長い勤めに
満員の無言の客と
肩押し合って
今日も惰性で揺られ
彷い行く
寒い

桐の花

桐の花　雨に濡れて咲いている
山陰の　畑中にただ一つ
汝は孤独　競わず　紫に
汝はつましく　騎士のよう
己を守って立っている

誰も通らぬ　雨の中
誰も知らない　畦道に

ようやく小降り
谷渡りの鶯のみ　華やか

風

風吹き抜ける
心の中を　風吹き抜ける
つましい　明かりを消して行く
寒気が　　温もり消して行く

とっぷり浸した悲しみや
とっぷり満たした憂い呼ぶ
鉛の心を残し行く

風吹き抜ける　風吹き抜ける
荒野が我を呼んでいる
孤独の我を呼んでいる

これも浮き世の業なのか
これも定めの業なのか

どう時間を潰しても
やはり帰り付かねば仕方がなかった　我が家
暗い街灯を見て　歩みの鈍る私を
顔見知りの隣家の犬が　２度吠えた
遅い夕げの仕度を済ませ
時計を何度も見上げているだろう妻
最近めっきり白髪が増えて　悴てきた妻は
辛抱強いたった一人っきりの家族
結局　私には妻しか居ない
細い凝った肩に
つぶれそうな悲しみを
吐き出すには忍びない
分かって欲しいけれど・・・

埴生の宿

人にぶっつけなかった怒りが
大きなうねりとなって胸に礁り
悲しみとなって
苦しみとなって
灰色の雲となって被い尽くし
奈落の底へ引き込んで行く
行き場のない　悲しみを
掃け場のない　溜め息が
一杯詰まってしまった
ナマコのような顔をして
どうして妻と会えようか・・・

佐久行

春の雪　　朝日にきらら
樹氷　　　朝日にきらら

雪のホーム　女学生のさんざめき
淡雪の　　つららかたどり
果樹園の　ツリーを飾る

淡雪の　　佐久の野は
一筋の　　レールのみ

妻は無言で窓に寄り
襟に沈める白い顔
白く血の気のひいた手を覆い
メルヘンの雪世界を凝視する

「大丈夫　俺がついてるから」
今年も待ち遠しかった春
小鳥囀り
其処まで来た　春を呼んでいる

久方の青空
中天に鳶一羽　小さく舞う
陽光さんとして
淡雪　軒端に落ちる

信濃惜別の詩

信濃の春は　四度過ぎ
別れの春が　巡り来る
長い黒髪　細うなじ
潤む瞳を　上げやらず

はや惜春は　移り行く
はや惜春は　移り行く

埋ずみ火　消すも　燃え盛る

四とせの昔　知り初めし
乙女の姿　止めいつ
千曲さざ波　移り行き
時には　蝶や花の如
時には　夕月　宵星の

今は別れの　宴なり
青きコートに　綿雪舞いて
夜風　悲しさ　染み渡る

寒む夜の　イルミネーション
星夜の　　きらめき
小雪踏む　エントランス
柊のリング
ホールの　さんざめき
ツリーの　彩り
流れる　　ソング
夕べのテーブル
　暖炉の　　　焚火
コテージの　ステンド
待ち人は　　来ない
二重窓叩く　夜の木枯らし

フイルムのない写真機

セピア色した　壁掛け
蝋燭も　　　　泣いている
ソファに置く　写真機は
フイルムのない　写真機
高原列車に　当てもなく乗り込む
枯れた林　　木漏れ日揺れる
樺の梢　　　巣立ち残しの古巣
石置き屋根　苔むす社
寂れた駅舎　待ち犬哀れ
　北八ツ白く　　刀剣に光る
カラス鳴いて　入り日に向かった
冬枯れの高原を　雲が飛んで往く
何も写らない　　写真機
何も写せない　　シャター押してた

晩鐘

入り陽ゆらゆら　燃えつつ沈む
入り陽赫々　山端に沈む
今日一日の　長旅終えて
精一杯の　輝き残し

夕焼け空が　広がって
茜の雲が　広がって
今日一日の　出来事綴り
空のどんすに　彩り残し

宵の明星　黄色く光る
冬の夜空に　星屑散って
占い星の　願いも遠く
北斗の星に　祈りも遠く

冬の風鈴

心の中を　風が吹く
何処からか来る　悲しみが
何処からか来る　寂しさが

心の中を　風が吹く
あっけなく来た　断りに
はかなく萎んだ　紙風船
破れ障子に　風が抜け
遠くに去った　憧れが

心の中を　風が吹く
カタンカタンと　木戸揺らし
冬の軒端の　風鈴が
チリンチリンと　泣いている

シャボン玉

ローソクの火の　揺らぎ見つ
暖炉を囲む　語らいや
トランプを繰る　一刻を
雪降り積もる　コテージで
夢もはかなし　シャボン玉

雪の夜空の　星数え
酒酌み交わす　くつろぎや
ピアノをめでる　一刻を
キャンドル灯る　木のホール
憧れむなし　シャボン玉

慈悲

悲しみを　抱いて行く
言い様のない　寂しさを
海の底から　叫びが聞こえて来るような
星の向こうから　涙がこぼれて来るような
人に言えない　言い様のない　寂しさと悲しさを抱いて行く

気持がささくれだつような会話は
もうよしにしませんか？
たとえ昔に何があろうとも
今輝いているあなたがいとおしく
支えたい

シャム猫のように気ままで
魔女のようにしなやかで
それでいて　一松人形のように
どこか脆さをもつあなた

占いやさだめに揺らぎながら
むきになって
けなげに生きているあなた

語らい

ゆったりとした
あなたの命をかける
いい男が現れたらいいと思う

束の間　友達でいましょう
束の間　娘になりませんか？

束の間の華やぎとときめきが
わたしの魂に囁き始めています

たとえ束の間であっても
あなたとの出会いは
神様からの授かり物

冬の蝶

赤いサザンカ咲いてます
プランタの花に
黄と白の蝶　舞ってます
今日は小春
もうすぐ木枯らし
ショパンを聞きながら
束の間の夢　追ってます

過ぎた時を振り返るのは
よしましょう

想い出に　そっと蓋して
忘却の筏に乗せましょう

あなたの癒しの時に
わたしの青春への　仄かな憧憬が符合して
一刻　架空の偶像に
かりそめの安らぎを宿すとしても
そこに詩があるならば
それが巡り逢いの美しさでしょう

蝶が舞っています

信濃再訪

十年ぶりに来た　懐かしの信濃路
晩秋　赤茶けた紅葉
畑に人なし
車窓　孤愁の眼を浅間にこらし
溜め息を刈り田に漏らす
田舎駅の架橋の階段
赤トンボのむくろ

幹線が走り
昔が切り取られてしまった
駅舎とネオンの街
かっての星空は戻ってこない

旧友との久しぶりの再会
互いに髪におく霜を酒盃に写し
「変わらないいな」と励ましつつ
懐かしむ　その昔

秋日和

緑の芝生に雀が三羽
黄色い蝶　ひらひら
紅い百日紅の梢
仰ぐ美空　白い雲浮かぶ
赤とんぼ　連なり飛ぶ
高く　もっと高く

瀬音の川辺に白鷺三羽
釣り人一人　木陰に憩う
見つめる川面に　雲影過ぎて
小魚キラリ　はねる　はねる
あちらに　ほら　こちらにも

砂時計

遠い遠い　人生は遥か
何もしてない　日が過ぎ行く
何も考えてない　時が過ぎて行く
今日も虚しく　暮れる
今日もまた　暮れて行く

暗い暗い　人生は暮れる
何をしたらよいか　日が移り行く
何を考えたらよいか　時が過ぎて行く
今日も移ろい　暮れる
今日もまた　移り行く

目的を持っている人は　輝いている
行動する人は　元気
前進する人は　逞しく
感謝出来る人は　豊か
奉仕出来る人は　幸せ
心を安らかに保てる人は　穏やか
道行く人は　若く
童と遊ぶ人は　無心
自然の中の人は　静か

敬老に思う

何か　自分でも出来るものを見付け
出来たら　何か人と交わる集いに出掛け
出来たら　若い賑わいの輪にも入って
その上　何か
人の為になることが出来たら　いいな
身も心も　動かすことを
習慣にして　磨こうかな

蜂忙しく　黄色い補虫器　今日で三日
時々頭を擡げ　まだ悶えてる
見るのが辛い　怖い　悩ましい
早く往生してくれ　それとも逃げろ
根負けして　逃がそうか
それとも一思いに殺すか
何の因果で　あの小さな器に入ったか
見るのが段々　辛くなる
　いつの間にか　２匹目が入ってる
こいつが元気に動くので
先の囚人も　瀕死にもがき
１匹でも辛いのに　頼む　やめてくれ
たったコップぐらい　小さい器だ
出来たら自分で　脱出するのだ

蜂の挽歌

俺も留守居の日々
何をすることも無く何の予定もたてず
起きてから　今日をどう過ごそうかと
思い悩む日々　時が流れ　日が移る
　時々　不意の電話　ピクリとし
雨の日　曇り日　無量に家で燻り
晴れの日さえも・・・
　俺は羽ばたきさえしていない
たとえ因縁の縛りがあるとしても
あの蜂より楽に　家を出れるのに
外の空気を吸えるのに
　気分を変えることが　不器用で
その機会を　虚しく逃してる
退屈な一日一日は短くて
知らぬ間に長い人生移ろい行く

雨

雨が降る降る
山並み煙る
黄色い稲穂　頭を垂れて
かがしが一人
濡れ濡れ立ちんぼう

雨が降る降る
草むす川辺
赤い彼岸花　僅かに開き
白鷺一羽
濡れ濡れ立ちんぼう

雨が降る降る
わが胸湿る
すさみに聞くは
チェロの調べ　虚し
濡れ行き沈む　わが心

もう少しで　靄が晴れそう
何かきっかけがあれば
あの薄い　雲の向こうの
薄日が　覗きそうなのに
もう一歩　近づけない
それが今の　いのちの場

百歳前後の老人二人と
日々ただすぎてゆく
人生は　寂しい
人生は　哀しい

いのちの場

メッキリ老いと衰え目立ち
不眠に悩む　小妻と
不調を託ちつつ　見守りの日々は
代わる人も無く
今朝もけだるく　起き出る

この日々にも　何かのきらめきある筈
いのちの場を高める　術がある筈
自分だけに差し出された　舞台だから
定めと素直に受けて
何かときめくものを認め　育み
おおらかに　自分なりに
したたかに　生きて行ければとねがう

山里の旅の宿
七十年振りに見た蛍
せせらぎの水面に
淡い光を映しつつ
か細く息づく光の尾

蘇る想い出鮮やかに
懐かしく
儚く　物悲し

蛍

その昔
竹箒を手に　暗い土手道
さまよう光　追い駆けた
あの日
向こう岸から
幼友達の小夜ちゃんの
声が聞こえた　あの日

今は
頼りなげに　やみに流離う
かそけき光に　掌を差し
間近に寄る　蛍いとおしく
たまさかの　縁思う

蚊帳の中　蛍を放ち
親子して　寝ながら
星屑の如　暗闇に瞬く光
眺めた　あの日

何時しか夢の中・・・

老いて病み
喜寿待ちの　この頃
故郷を離れて　はるか

もうすぐ　母の新盆

病臥

夜の静寂に
深く深く　沈んで行く
漂泊の　独りぼっち
時の刻みだけが
何処までも
次元を越えて　追って来る

音無しの
しんしん　耳鳴りする
寒夜の　旅枕
熱の額　押し当て
独り
侘しさ　忍ぶ

妻の手

いててしまった　妻の手に
冬の信濃の厳しさと
中年女の年輪と
異境の悲しさ

病なるか　疲れゆえか
知らず掌に受けた　白い手

朝起き　留守居
戸の冷たき金具触れ
思わず知る
凍える妻の手の痛み
胸の底までいててゆく

遅い春

凍てつく寒さ　戻ってきた朝
郵便受けの新聞取りに出た
粉雪が舞っていた

白い小犬を連れた少女が
「お早うございます」と言って
駆けて行った

白い枝に　梅の蕾
めっきり多くなった　小鳥のさんざめき
春はそこまで

妻は寒さにひしがれて
終日床に臥せる
春いまだし

春

急な春の訪れに　戸惑いつつ
麦の芽青々と
小川のせせらぎ　軽やかな
透き通った流れに
私はニコッと　挨拶をおくる

雪の信濃

雪が舞う　空は鉛色
笹の葉に　杉の木に
雪はしんしん

久方の　信濃路は
待つ人も無く
会う人も無く

輝きの日々は　かえらず
赤い信号の　彩りだけが
白い小径の　轍だけが

当てもなく　彷徨う旅人
雪のなかの　鳥のように
昨日も　今日も

ひとり憧れ　ひとり憂い
信濃　旅行く

病

まどろみの　ほほに
恵みの　陽の暖かさ
白い壁　そこここ禿げ
むき出しの管　天井を這う
点滴の管　滴を眺め
今日こそは　起き上がりたく思う
外は早春

窓辺に　菫の小鉢
脈を取る　乙女の婀さ
軽やかに　「如何」と尋ねて
きしむ木の床　去って行く
温度計　微熱を認め
明日こそは　歩きたく思う
外は早春

丘

あの港の見える　丘に来て
梅の木の下　写真を撮った
君が認めた　花陰に
鶯が蜜を　吸っていた
番で　花を　散らしてる
微笑み　眺めた　梢
黙って　見てた　あの早春の丘

梅の木

縁日で買って　抱くように持ち帰って
新築の庭に　記念に植えた
今年も　遅咲きの白い花が
霧雨に　妖精のように　浮いている
二十年の　風雪めげず
冬に耐え　春を忘れず
梅は君の精

ようやく輝きを増した　朝空
雀たち　軽やかに　屋根に戯れ
時たま訪れる　じょうびたき一家
去年無心に蜜を漁っていた
鶯の番いは　未だ来ない
日毎　白い花が増えてゆく
今年もきっと　丸い実を
君は漬けるだろう

春は駆けて来る　駆けて来る
何となく　落ち着かない　この頃

ひばり

あれは　彼岸前
朝日輝く　白銀の河原
冬に痛めた　身を鍛えんと
雪道駆ける君
無理するな　声を掛けつつ後追った
雪の土手路

川面の霧　ようやく晴れ
雲に沸く雲　墨絵暈し
白蝋の手こすりつつ
雪投げ交わし　憩った　堤の日溜まり
庚申塚　僅か雪解け見え
石に春の温もり

ふと中空にさえずり聞いて
見上げた青空
黒点の雲雀小さく小さく昇りゆく
一羽　また一羽

白銀の日溜まり　病んだ身体休め
杏の梢　つぐみ群れるを指さし
ようやく赤らみ戻る顔で笑み
君は健気に春を待つ

あれは十年前　あれは信濃の春

リンゴ

「リンゴわけて下さいな」
サイクリングの途中で
たまさか迷い込んだ
一面のりんご畑
気のいい農夫は
「どれても好きなだけもいで行きな」
黒い顔で笑った
蜂に目の上を刺されながら
それでも「密が詰まって甘いんだ」と
篭にいれてくれた
あれは晩秋
赤いリンゴが夕日に映えて
何処までも鈴なりだった丘

花街道

もうちょっとお行きなさいな
花街道がありますよ
誰も気付かず　行き過ぎる
峠の向こうの　丘の陰
藁屋の見える　あのあたり
淡い緑の山里は
花一面の村の路
誰も通らぬ　花の園
ただかたかたと　鯉のぼり
青い美空に　泳いでた
やっと葉が出た　桑畑
幼子　たんぽぽ　摘んでいた
れんげ乱れる　畦路は
清水ちょろちょろ　流れてた

定年

何処にいるんだろう
何をしているんだろう
病みながら
二時間の通勤電車
何のために

何をしているんだろう
何をすべき
子無く老いて
つましく作る貯え
何のために

何をしたいのだろう
日々時を費やして
志失せゆく
年々の計むなし費え
如何せん

何処へ行くのだろう
週末ささやかな憩いを
妻と二人
何処で死ぬんだろう
何処へ

無情雨

週末の雨に　降り込められて
とうとう出かけなかった　桜見物
欅の並木　芽吹き日々に青く
わずか混じる桜　はらはらと散り初め
乙女等ことも無げに　語らい行く

年々何故か感じる　この季節の無情
かって桜吹雪の下で遊び
今柳いよいよ青く　そよ風に揺れ
菜の花色どる野路は　花筵
童子ら　花弁集め　撒いて行く

早朝鳥の声聞き
今日こそはと明ける雨戸
又しても小糠雨
春は無情に過ぎて行く

疎水べり

青葉の疎水べり
ベンチで書いた　初めてのラブレター
うららの春に　誘われて
戯れゆく　恋人たち
溜め息つきながら
花弁　水面に散るを追った

雨の疎水べり
二人で歩いた　初めてのデート
小糠雨に　濡れながら
肩寄せ合って　傘の中
山つつじ咲く　里外れ
ただ黙ってひたすら
水たまり路を歩いた

故郷回想

山陰の小さな花の村　懐かしし
菜の花段々と咲く里に来て
畦道の山ふきを摘みながら
水温む小川の芹を摘みながら
蝶の薄紫の垂れ桜に戯れ見つつ
鳶の舞う　藁屋根越しに
煙る下界を眺め
遥か故郷を思う

人変わり　自然も変わり
土の道は　白い舗道に
藁屋消え　人去り行く
花のみは　今も咲くか

あかしや

あかしやの花が咲いてる
雨の公園
いつか、何処かで通った
あかしやの並木道

青葉の季節に
あかしやの季節に
胸の奥からやってくる気怠さ
何か置き忘れたような
何かやり残したような

あかしやが咲くとき
何故か淋しさやってくる
何故か言いようの無い
もの憂さがやってくる

昔の音

桶音　こだま　銭湯暖簾
子供の泣声　世間話
天井　大きな扇風機
待合い　涼む将棋盤

下駄音　通り　浴衣掛け
太鼓の響き　盆踊り
夕風　運ぶ鄙音頭
影法師　踊る月明かり

小鹿野憧憬

小鹿野　わが憧れ
小鹿野　わが憩い
世事に疲れ
人との係わりに疲れ
二時間通勤の
空しく過ぎる日々に
ささやかな憩い
緑の丘の山荘は
いつも心尽くしのもてなし
自然に帰りたく
札所を訪ね
寒村を巡った旅も
今は小休止して
ゆっくり寛ごうと思う

小鹿野は今緑の風
青空に鯉のぼり泳ぎ
つつじ赤く
藤棚紫に
待ち遠しい　訪れの日も
もう間近
忙しい日々の疲れで
やつれがみえる君も
そこでゆっくり憩い
晴れやかな笑顔を取り戻すだろう

人生道

この道は　　己が道
分け入って　迷って途方に暮れながら
ただ細く細く続く道を
立ち止まらないで　引き返さないで
薄野を分け行くように

この道は　　我が道
いつのまにか行きはぐれつつ
ここまで来てしまった
曲がり　枝分かれして続く道を
喘ぎつつ　無言でひたすらに
沢の音を辿り行くように

この道は　　己が道
進むしかない道　歩き続ける道

道

今日もこの道　通り行く
雨の日晴の日　移る四季
急ぎ足音　立てながら
考えもなく　駆けて行く

今日もこの坂　越えて行く
良い日悪い日　疲れた日
もう沢山と　思いつつ
工夫もなくて　過ぎて行く

今日もこの橋　渡り行く
朝な夕なに　通る日々
景色も見ずに　俯いて
気ばかり急いて　走り行く

コンサート

小さな劇場の照明が落ち
ひとしきり咳払いして
足早に登場した長身のピアニスト
銀髪を振り乱し
激しく華麗なピアノソナタ

身じろきもせず　瞼を閉じ
陶酔の妻
二十年以上いさかいも無く
連れ添ったその横顔は
かっての輝き失せ
生活の疲れを刻む

幾山河共に越え来て
ここまで運命を誘導してしまった

夢うつつの境に彷い
時に現実の思いに引き戻る

共に五十路を越え
老いの兆しと逆らいながら
日々のイベントを探すこの頃
ここは暫し夢の世界に共に彷おう

アンコールの拍手に
ハッとしてうつつに戻る一刻

紙風船

萎んじまった　紙風船
空気の抜けた　紙風船
破れたわけじゃ　無いけれど
余りに強く　打ち過ぎて
余りに高く　舞い過ぎて
へこんしまった　紙風船
へなへな落ちた　土の上

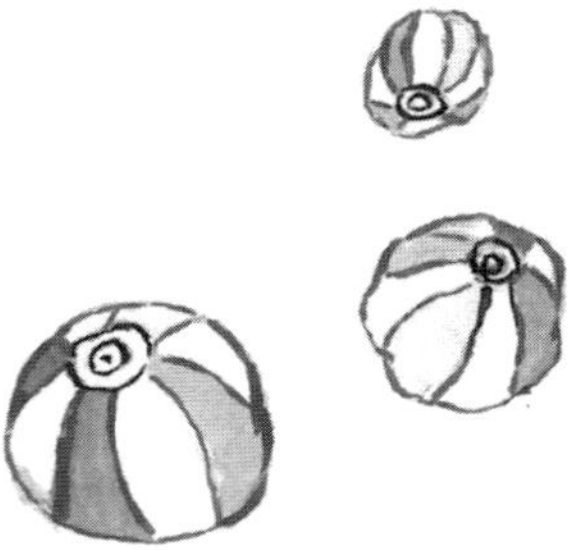

萎んじまった　紙風船
行き場無くした　紙風船
あんなに軽やか　飛んでたに
あんなにゆらゆら　舞ってたに
あんまり世界を　飛び歩き
疲れちまった　紙風船
活力抜けて　草の上

萎んじまった　紙風船
彩り失せた　紙風船
気球気取ったじゃ無いけれど
青いみ空の虹めざし
あんまり高く　舞い過ぎて
気絶しちゃつた　紙風船
一人ぼっちの　紙風船

昔の音

雷は　昔を思い出す
道を行き交う　下駄の音
拍子木誘う　紙芝居
長く尾を引く　金魚売り
調子外れの　豆腐屋ラッパ
声張り上げて　傘修繕
小鐘振り振り　魚売り
楽隊行列　チンドン屋

雨音は　昔を思い出す
蹄のリズム　荷馬車の轍
眠気覚ましの　俎リズム
水田の合唱　雨蛙
背戸でカラカラ　はねつるべ
鼠が駆ける　天井裏
夏の夜聞こえる　盆踊り
秋の夜枕　祭囃
年の瀬かすか　除夜の鐘

イベント

四季の山旅　ハイキング
時に出かける　レストラン
気まま駆けつけ　コンサート
子無し初老の　人生に
彩り求め　予定表
何か空しい　梅雨の空

気怠さの　病の身体奮い立て
二時間通勤　無為の日々
ただ徒に　老いに向かい転げ行く
色恋すでに　かすれ行き
疲れの溜る　週末の
イベントも無く　梅雨の日々

帰りたや　高山登ったあの時に
帰りたや　胸ときめかしたあの頃に
帰りたや　青雲を追ったあの日々に

イベント　イベント　イベント　イベント
せめて　白髪の混じりの妻を
異国の旅に伴わんか

梅の実

青い梅の実　今年は豊作
妻と摘む　　梅雨の晴れ間
鈴なりの実　ボタボタ落ちる
塩気の押さえた　梅干を漬けようか

秋の縁日で選んだ梅の木
あれは新婚時代
私が運んだ五所柿の木
改札口　駅員冷やかした
「珍しい実の付いた植木だ」と
後から妻は恥ずかしそうに乗り込んだ
梅の木を抱えて

柿は枯れ　梅は育つ
花を愛で　実を味わう　二十年
妻は家の主
梅は庭の主

立葵

立ち葵　庭に咲く
秩父の山里を行く
かって信州に住み
サイクリングで通った道にも
この花が咲いていた

この季節　簗が始まり
溝に　　蟹の抜けがら
子鮒　　田へのぼる

螢　　　風に飛ぶ里
闇に　　妻と息をつめ
夜露　　足を濡らし
立ち尽くした　草の路

かまきりが巣だく　峰の路は
かっこう鳴いた　　丘の路は
八年過ぎた今も
立ち葵
藁屋の庭に咲くか

ひさかたの故郷訪ね　幾山河
昔　はやを捕った川
鰻の釣り場　橋の下
蛍を追った　露草の
土手は無残や　石造り

はしなくも故郷離れ　幾年月
昔　狐を捜した山
狸火を見た　あの祠
どんぐり拾った　熊笹の
森は移ろい　造成地

故郷変貌

はるばると故郷訪ね　歳を追う
昔　屋根ふき田舎家の
柿の実落とした　つるべ井戸
あんなに広かった　土の道
今来てみれば　夢の中

蓮

蓮が咲いてた
水玉コロコロ
ラッパの葉の上
白い蓮が
赤い蓮が
気高く清く
池一面に
君はしばらく
いつか紅型
瞳凝らして
赤い蓮は
白い蓮は
二つ並んで

雨上がり
転がって
光ってた
ぽかりと開き
ふわりと開き
艶やかに
咲いている
立ち付くし
染めようと
眺めてた
君の花
私の花
咲いていた

グルメ

今日は快晴
半年前から　君が楽しみにしていた日
張り切って　一時間も早く起き
新婚当時の如く
華やかに手を振った君

雨上がり
緑濃い庭に　水浴びにくる小鳥を眺め
椿山荘の　　美味なグルメを味わおう
我々の平板な日々の
ささやかなアクセント

はるばる来た
この道は　私の道
先はどうなってるか
誰も知らない
私が辿って来た道
黙々と歩いて来た道

道

時々行き詰まり
計らずも
人に援られたり助けたり
時には不器用に遠回りし
ひょっこりと
思わぬ人と行きあって
道草したり　急いだり
往き暮れそうになって
辿り着き
朝暗い内から　歩き出し
春を愛で　夏を味わい
秋に浸り　冬に嘆き
ともかくここまで来た道

同胞と　妻と　友と
そして見知らぬ人々と
額に汗し挨拶交わして
さりげなく行き過ぎる
人は何処から来て
何処へ行くのだろう

ただただ歩いて行く道
そろそろ杖が欲しい
体の衰えを感じつつ
焦り諦め　なお悟れず
人と同じ方向に当てもなく
黙々と歩く　これが私の道
悩みながら往く道

義父

老いの身を　銀行マンのならいとて
明治の気骨で勤め上げ
濁る世間を　私心なく
巧妙には　泳げずに
真実通した　八十年

縁あって　父と呼び交わる十余年
深い縁巡らず　父は逝き
思い出遠のき　面影薄れ行く悲しさ
永眠の地　遥か南に離れ
未だ詣でず
今日は彼岸入り

誕生日おめでとう

お彼岸に生まれたと語った君
久方の遠出に嬉々として
リュック一杯
旅支度して出かけた
秋の日

空青く　高く
ほうき雲　鰯雲　飛行雲
鈴虫たち　満月のコンサート
月よみの　怪しさ　静けさ
今宵　萩　揺れる　山荘に来て
君の誕生日の祝杯を挙げよう

こまねずみ

君はこまねずみ
朝から晩まで　くるくる働く
時を追いかけ　追い着かれ
そんなに働き　どうするの
そんなに忙しくて　どうするの

君はこまねずみ
朝から晩まで　どんどん働く
予定計画　目白押し
そんなに頑張り　どうするの
そんなに縛って　どうするの

君はこまねずみ
朝から晩まで　ころころ働く
休む間もなく　疲れ果て
そんなに力んで　どうするの
そんなにくたぶれ　どうするの

望郷

帰らんか　帰らんか
紅葉が染める　故郷へ
稲刈り始まる　故郷へ

父が日課の散歩する
母が縁先針仕事
電話の便り懐かしく
里の噂も懐かしく
心は遥か故郷へ

帰らんか　帰らんか
丸い山並み　故郷へ
清い小川の　故郷へ

父が仏間で経を上げ
母が庭菊手入れする
手紙届いて懐かしく
村の噂も懐かしく
心は既に故郷へ

帰らんか　帰らんか
谺の聞こえる　故郷へ
八十路の父母を訪ねんか
久方に
柿の色付く　故郷へ
カンナの揺れる　故郷へ

失った時

失った　時を求めて　彷いぬ
祭りの露店　綿菓子の
遥かな甘さ　噛みしめつ
風に転がる　紙風船
儚く消えた　シャボン玉

祭囃の　賑わいも
どこか寂しい　露草の
コオロギの声　聞きながら
古いおじゃみを　投げながら
遠い昔を　懐かしむ
遠ざかりゆく　人ばかり

失った　時を求めて　迷いゆく
いつか訪ねた　山里の
古　景色　追いながら
秋の実りの　豊かさも
どこか寂しい　彼岸花
村の分校　かいま見つ
遠ざかりゆく　ことばかり

初雪

雪が降る　雪が舞う
しんしんと　ひらひらと
見る見る積る綿帽子
小鳥も来ない　庭先の
椿の蕾　寒そうな
金柑の実も　寒そうな

いにしえ想う　雪景色
微かに聴こえた　子守歌
懐かし想い出　儚くも
雪　ひらひらと　舞い落ちる
雪　しんしんと　降り積る

愁

何処からか来た　淋しさが
心の中に　広がって
やり場の無い程　広がって
晴れない気持　抱いて行く

何処から入った　淋しさが
いつか心に　染み通る
身体一杯　広がって
重い鉛を　抱いて行く

訳の分からぬ　淋しさが
いつか心に　住み着いて
追えどまつわり　憑いて来る
愁をそのまま　抱いて行く

風の歌

風が歌った　北の歌
鶴が来る　冷たい海越えて
温泉湯煙　水車につらら
鮭が上るよ　北の川
峰に初雪　里は紅葉
村は冬支度

風が歌った　南の歌
かもめ舞う　白帆が浮かぶ
羊は太る　木の実が実る
草原花盛り　虫が遊ぶ
いるかが来たよ　白い浜
広場の賑わい　カーニバルの風船とぶ
マロニエの並木路

水たまり

草に這い
雲を見ていた　水たまり
虹を見ていた　水たまり
着物の裾を濡らしつつ
飽きず眺めた　幼い日

土の路
あめんぼう泳ぐ　水たまり
点灯虫見つけた　水たまり
傘の滴を落としつつ
飽きず眺めた　子供の日

椿山荘

久方の妻とのグルメ
誕生日と結婚記念を兼ねて
ささやかな二人の祝宴
今年はこれが２回目
きっと予約の席は滝のある泉水の窓寄りで
今日の小春日なら小鳥が水浴びに来るだろう
三重の塔がある古淡の庭は
枯葉散り柿が熟れて
椿が赤く咲いているだろう
グルメを楽しみながら
昨年もした海外旅行のプランを話合おう

胃カメラ

義母が胃カメラ飲むと聞く
八十路なかばの誕生日
八年前の手術耐え
薬を選び老い重ね
老人会の彩りも
胃下垂悩み食細り
再度の検査疑わし
けなげな妻も不安顔
寒い早朝いそいそと
連れ行く支度急ぎする
小春日なれど気は晴れず
小鳥来鳴けど気は晴れず
せせらぎ追ったあの小川

今夜は遠来の君と会う
既に退職を決意し
日本に来るのもこれが最後か
戸倉の温泉宿に泊まり
野球拳に興じ
箱根のドライブし　富士を仰いだあの日
ボストンのホテルのバーで語り
マジソンのゴルフ場でプレーしたのも
今は思い出
アメリカに出張の度　自宅へ招き
手入れの行き届いた庭で憩い
美人の細君がもてなして呉れた家庭料理
君は日本人よりも心の通い合った友
私の数少ない心の友だ

ライト氏

今夜久し振りで君と会う
先日仕立てたばかりの服を着て
せめて餞に
せめて記念に
忘年会シーズンで
騒々しい師走の料亭を案じつつ
君との又の再会を
あの仕事の思い出多い
ニュジーランドかオーストラリヤに
訪ねることを約そうか

ニュジーランド

とうとう妻を連れて行く
友は早や来年かと驚いていたが
私は決めていた体力のあるうちに
あの世界一美しい散歩道という
ミルフォードトラックを
妻と歩くのだと・・・

あの友は　もういない

とうとう行くぞ　ニュジーランド
カセドラルのパイプオルガン
川沿いの稍遥路
木の実をスカートに受けていた少女
川面に垂れる柳と白い水鳥
水に映えてた黄色い紅葉
青葉木陰涼しい夏の公園並木路
枯れ葉かさこそ静かな冬の庭園
バラの彩り
人の懐かしさ

おわりに

詩篇「虹へんろ」は、40歳代後半に転勤で埼玉から信州上田に移り住んだ頃の徒然に、メモ書きしていたものから選別して、童謡と抒情歌を詩篇にまとめたものです。

20年余りの企業の研究所生活から、化学工場の技術や品質管理に携わる50人程の若い人々のまとめ役になり、仕事やテニス部等をとおして、青春の息吹の中で、若い人々の"気"に染まるとともに、既に失った自らの青春に哀惜の念を抱きました。

ここ信濃は、文人島崎藤村が移り住み、また、「故郷」「朧月夜」等の童謡詩人高野辰之の古里の地で、自然が詩心を誘う"場"でもありました。

文士や画家の自由な生活に淡く憧れていたからでしょうか、"気"と"場"に触発されて、いつの間にか拙い小作が溜まりました。いつの日か、何方かの目に留まり、抒情を誘う童謡が生まれれば望外の幸せと、密やかに、淡く夢見つつ綴りました。

続く詩篇「夢へんろ」は、信州上田の転勤先から埼玉の自宅に復帰した50歳代から、既に退職して、古希の坂を越えた頃までの拙作を整理したもので、時代の流れのままに、壮年期の頃の懐旧や林住期の感慨を詠んだ、詩草集のようなものになりました。

昭和10年生まれの戦中派世代で、幼年期は大阪淡路で、少年期には、戦時の学童疎開で母の古里、北摂豊川に寄寓しました。終戦末期に空襲で淡路の家を失い、その後は青年期までの戦後の15年間、変遷と混迷、激動の時代をこの地で過ごしました。

豊川は童謡「朧月夜」の情景を彷彿させる水明の山里で、そこはまた、文豪川端康成の故郷でもありました。

軍国教育に洗脳されて神風特攻隊に憧れていたのが、戦後の民主教育で「少年よ大志を抱け」と啓蒙され、いたく戸惑いを覚えました。

中学生になった頃に、湯川秀樹博士のノーベル賞受賞のビックニュースに接し、それに鼓舞されて、いつの日か京大生になり、都大路を高下駄、袴姿で闊歩する日を夢見ました。

多感な学生時代を田舎で過ごし、戦後の復興期を経て、企業の研究所設立ブームと事業多角化指向の頃に就職、転勤等で、大阪から埼玉、上田と移り住みました。定年前の、埼玉に戻った50歳の頃から始まった、老親達を伴歩する、見守り、介護、看病、見送りは、想定外の26年になり、それを抜けて気が付けば、自身の終括期に来ていました。

詩集「夢遍路」は、傘寿越えましたので、愈々、今まで溜まっていた詩片の整理処分を思い立ち、これらを二つの詩篇にまとめたものを、集約して出版することにしました。

実は、上梓企画の当初には全く予期しなかったことでしたが、詩篇「虹へんろ」と詩篇「夢へんろ」を合わた本詩集「夢遍路」に、これより先に上梓しました詩文集「晩鐘」を繋げますと、折節の泡沫の想い出の影を朧に宿した走馬灯のような趣になり、そのハプニングに驚いている次第です。

この小文を上梓するに際しては、以前、未だ飛翔期だった特定保健用食品の啓発本の小著「トクホ」の出版時、ご縁を頂ましたブックマン社木谷仁哉前社長に、先に製本企画した「晩鐘」のみならず、今回の詩集「夢遍路」の出版企画についても、懇切なご指導とご鞭撻及びご高配を賜りました。ご厚情心からお礼申し上げます。

また、植物精密画を花飾りに添えるご友誼を頂きました岡治氏に深謝いたします。

この小品のとりまとめに関与下さいました方々に厚く感謝します。

平成三十年二月吉日

著者紹介

■ 中川邦男　（なかがわくにお）
1935年大阪府生まれ
大阪大学理学部化学科卒業　農学博士
日清製粉（株）入社、化学部門でビタミン、医薬品の開発、診断薬の導入事業化等に従事。後に（財）日本健康・栄養食品協会へ出向、特定保健用食品の開発・申請の指導及び普及啓発等に関与。
退職後、機能性食品コンサルタント

著書：トクホ「特定保健用食品」（ブックマン社）、詩文集「晩鐘」（自費出版）

憧憬・郷愁の抒情詩集
夢遍路

2018年3月1日　初版発行

著　者　中川　邦男（なかがわくにお）
発行者　原　雅久
発行所　株式会社 朝日出版社
〒101-0065 東京都千代田区西神田3-3-5
TEL (03)3263-3321（代表）FAX (03)5226-9599
ホームページ http://www.asahipress.com
印刷所　協友印刷株式会社

乱丁、落丁本はお取り替えいたします

ISBN978-4-255-01033-5　C0095